CHRISTIAN MORGENSTERN

EPIGRAMME UND SPRÜCHE

Aus mitteleuropäischem Geistesleben

Büste Christian Morgensterns
von Hans Wildermann

CHRISTIAN MORGENSTERN

EPIGRAMME UND SPRÜCHE

Sämtliche Dichtungen

II

Band 14

1977

ZBINDEN VERLAG BASEL

Neuherausgabe und Nachwort von H. O. Proskauer
Einbandgestaltung von Katharina Eisleben

Mit der Photographie einer Büste von Hans Wildermann

Printed in Switzerland

IBSN 3-85989-163-4

EPIGRAMME UND SPRÜCHE
AUS DEN JAHREN
1890–1914

Verzeiht, wenn manchen manches hart trifft,
mein Pfeil soll treffen, doch er trägt kein Gift.

I.

Verkennen dich die Menschen, o so tröste
dich der Gedanke, was der Reinste, Größte
im Herzen litt, als er die Welt erlöste.

Sein tiefer Schmerz muß deinen Schmerz versöhnen.
Wie darfst du da noch bittrer Klage frönen,
wenn sie dein kleines Tagewerk verhöhnen?

Versäumte Pflicht
gebiert sich selbst
das Blutgericht.

Ein armer Mann –
der nicht sein selber lachen kann.

MULUS

«Der Freiheit höchste Freuden winken!»
(Scilicet: Uniformiertes Trinken!)

«KOMMILITONEN»

«Der Ahnen wilde Streitbegier
auch uns zum Kampfe reißt:
Wir kämpfen mit Zigarr und Bier
wider den heiligen Geist.»

WISSENSCHAFT

Wie läßt der Zeit sich trefflich dienen
im Schutz und Schirm der Mandarinen.

Ein Kälblein Wissenschaft genügt,
damit wird lebenslang gepflügt.

Die Wissenschaft – die Wissenschaft –
die Wissenschaft – die Wissenschaft.

Mag die Welt des Wollens heiliger Reinheit
niedren Trieb voll Neid hinzuerdichten:
Offenbart sie nur die eigne Kleinheit.
Edles Werk kann nur der Edle richten.

Man muß Künstler sein,
will man Lehrer sein,
man muß *schaffen* wollen
im Fleisch und Bein.

Was «Mensch»?
Ich habe keine Grenzen.
Eines ist alles.
«Außen» ist Schall und Rauch.

PATRIOTEN

«Zum Sachsenwalde pilgern wir
und trinken mit dem Genius Bier.
Wir haben Grund, den alten Herrn zu loben,
der eignen Denkens längst uns überhoben.»

DER KAFFEE-LITERAT

Täglich sitzt er im Kaffee
unter Zeitungspfaffen.
Glaubt ihr, dieser Mann wird je
etwas Großes schaffen?

JOURNALISMUS

Jungvolk der Pythagoräer
hielt fünf Jahre sich im Schweigen.
Heut will jeder junge Kräher
alsogleich sein Stimmlein zeigen.

IMMER NOCH

Würdelos: dies mitternächtlich
überstürzte Rezensieren.
Schreiber, Leser gleich verächtlich,
wenn sie hier nicht protestieren.

DICH SELBER NACH DIR SELBST

O schwärme, schwärme, Liebe,
nach jeder Erdenfreude ernstbeflügelt!
Nur eins verliere nicht:
den roten Faden deiner tiefsten Pflicht.
Der aber ist:
Dich selber zu entdecken
und dann dich selber nach dir selbst
zu strecken.

Ich bin mir selbst ein unbekanntes Land
und jedes Jahr entdeck ich neue Stege.
Bald wandr' ich hin durch meilenweiten Sand
und bald durch blütenquellende Gehege.
So oft mein Ziel im Dunkel mir entschwand,
verriet ein neuer Stern mir neue Wege.

Als ob das zarte Blutgespinst,
das ihr in meinem Werk empfangen,
euch je verriete, welchem Dienst
mein Herz nun endlich aufgegangen!

Aus meinem Jenseits tausend Grüße!
Nicht allzu tief als ob ich wäre –:
Doch allzu *leicht* für eurer Füße
unnennbar ehrenwerte Schwere.

Fünfzig Jahre hoff ich heiter
mich durch diese Welt zu dichten;
Zeit genug, mir eine Leiter
nach dem Himmel aufzurichten.
Scheid ich segnender Gebärde
einst von meinem lieben Volke –:
Meine Leiter bleibt der Erde,
doch mich selbst empfängt die Wolke.

DACHSTUBEN-STIMMUNG

Auf euren ganzen Kleinkram lach ich,
ein Philosoph, aus heitrer Höh.
Die kecksten Exkursionen mach ich
aus meinem vis-à-vis-de-Dieu.

Dies ist mir oft ein dumpfer Schmerz:
dies gebannt sein
in *einen* Kopf,
in *ein* Herz,
in *ein* Augenpaar.

AN DEN ABGESCHIEDENEN GENIUS MEINER MUTTER

Ich lag in Angst, du hieltst mein Haupt gebettet.
Ich sank in Tiefsinn, du hast mir gelächelt.
Ich wollt verglühn, du hast mich kühl gefächelt.
Ich wollt ertrinken, du hast mich gerettet.

Du, meine Mutter, in mir weiterlebend,
ein Genius, unsichtbar, an meiner Seite,
durchs Lebenswirrsal ewig treu Geleite,
Wegrichtung, Hilfe, Rat und Trost mir gebend.

In allem pulsieren,
an Nichts sich verlieren.

Vor einer alten Wettertanne stand ich still,
bewundernd ihren mächtigen Wuchs und ruhige Kraft,
und wie mit einem Schlage schwand vor mir zu nichts
all unser eitel wichtigtuerisch Getrieb.

SCHICKSALSSPRUCH

Unhemmbar rinnt und reißt der Strom der Zeit,
in dem wir gleich verstreuten Blumen schwimmen,
unhemmbar braust und fegt der Sturm der Zeit,
wir riefen kaum, verweht sind unsre Stimmen.
Ein kurzer Augenaufschlag ist der Mensch,
den ewige Kraft auf ihre Werke tut,
ein Blinzeln – der Geschlechter lange Reihn,
ein Blick – des Erdballs Werden und Verglut.

NUR WER...

Nur wer die Welt bis auf den Grund zersetzt,
daß ihm der Schaum durch arme Finger rann,
versteht, was Mensch, was Leben heißt, nur ihm
sind aller Freuden Tiefen offenbar.

Mag noch so viel dein Geist dir rauben –
Dein Blut muß ans Leben glauben!

ΕΙΣ ΕΑΥΤΟΝ

Wie oft du's auch mit Göttern treibst –
und lachend sich dein Geist befreit –
Prometheide bist und bleibst
du an dem Felsen deiner Zeit.

Kommst nie zur Ruh! Heut sonnenhell
süß-goldner Früchte übervoll,
und heut ein finsterer Gesell
in bittrer Armut Gram und Groll.

TALENT – GENIE

Talent: ein Gast am Tisch der Zeit.
Genie: hält selber Haus.
Den bücklingt Ihre Herrlichkeit,
der sie zur Tür hinaus.

Daß er so wenig weiß und kann:
Das ist es, was den Edlen schmerzt,
indes der eitle Dutzendmann
zu jedem Urteil sich beherzt.

Ich sage dir als tröstlich Wort,
wie eins aufs andre ist gestellt.
Denk einen Punkt des Ganzen fort,
Du denkst dich selber aus der Welt.

DER MONIST

Wie seine Flöte
auch immer verführt – –:
Haeckel und Goethe
mit Bier angerührt.

Daß du dein Verlangen stillst,
tummle hier dich aus.
Hier ist ein leeres Kartenhaus –
mal es aus, wie du willst.

– 1898 –

Der Schwärmer schwimmend Augenblau
bleibt Trost und Kost so mancher Frau.
Und lächelnd spricht ihr Laut- und Stumm-Sein:
«Das ist ein Mann! Der kann noch dumm sein!»

Immer radelt, immer reist,
daß nur keiner bleibe;
strampelt euch das bißchen Geist
vollends aus dem Leibe!

Was schwatzt ihr da, ihr Schmollenden,
von eurem «höhren Rechte»?
Ihr es nicht anders Wollenden –
es gibt kein Recht für – Knechte.

EINEM JUNGEN MÄDCHEN

Behaupte *dich,*
sonst gedeihst du nimmer.
Es gilt Ich gegen Ich
überall und immer.
Nur die Kräftigen
schauen die Höhn;
was weist du denn –
Ist das nicht *schön?*

EINER JUNGEN LEHRERIN

Wenn dich Neues überwüchtigt,
laß dich's nicht zu sehr beschweren,
mehr als *Wissen,* das verflüchtigt,
wirst du sie dein *Wesen* lehren.

Wir müssen es immer wieder verschlucken,
wie zwei Weiber einander begucken.
Wir sehen uns ja wohl auch mal an –
aber so schamlos blickt kein Mann.

Antisemit? Philosemit?
Faßt es euer Horizont nicht,
daß ich Anti- nicht noch Philo –.
Meinen Hausaltar besonnt nicht
Michel, sondern Venus Milo.

Zu vielem, was euch geläufig,
will ich, kann ich nichts sagen.
Will gern und häufig
mich jeder Meinung entschlagen.

Da gleicht mich der und jener Goethe,
weil Sonne mein Gedicht durchzieht;
so sagt ein Kind *«die Morgenröte»*,
wenn es ein rosa Wölkchen sieht.

– 1898 –

ICH SELBER

Wahrhaftig glücklich geboren.
In der Jugend halb Leben verloren.
Später den Rest mühsam beschworen.

Man sollte immerdar nur vorwärts schreiten,
nie rückwärts träumen und die Kraft erschlaffen,
niemals bereuen, immerdar nur schaffen
und schaffend so dem Tode Land bestreiten.

Und nicht zu viel vergleichen. Überwissen
macht irre, lockt in Worten und Gebärden.
Es ward und wird so viel getan auf Erden.
Manch Edlen hat sein Ehrgeiz schon zerrissen.

Was ist's ja: Wenn der Mann so weit gediehen,
daß er die Welt im Geiste überwunden,
dann sieht er, die er liebt, noch hilflos knien
vor den Altären seiner ersten Stunden.

Baust du dir ein eigen Haus,
forsch dich erst ein Jahr lang aus;
ob Holz, Stein, – Marmor gar,
was dich ausspricht wahr und klar.
Und wenn du nicht genug Eignes hast,
geh verwandtem Geist zu Gast,
nur daß da sei erwägt, erwählt,
was da von dir der Welt erzählt,
daß dein Haus doch auch *dein* Haus sei,
und nicht nur leeres Einerlei.

Was kann ein Gastfreund Bessres sagen
als: Ich fühlte mich daheim.
Schenkt nun auch als Gegenreim:
Wir haben ihn wie uns ertragen.

Wie mancher geht an Grübelnsqual zugrunde,
weil er gehangen an zu Vieler Munde.

DER SEGLER

«Sieh, wie steht das Boot so grad!»
Fährt's doch nur des Windes Pfad!

«Doch vorhin, wie lag's da schief!»
Weil's dem Wind entgegenlief.

Ihr lieben Landratten im Geist,
Wißt eben nicht, was segeln heißt.

Sieh, das ist Lebenskunst:
Vom schweren Wahn
des Lebens
sich befrein,
fein hinzulächeln
übers große Muß.

SYLVESTER 1898/99

Ego, in summa.
Ein ehrlich Wollender, das ist gewiß; –
bemüht, mit dem, was ihm nun einmal ward,
sich recht und schlecht zum Bessern durchzuschlagen.

AN DER SPREE

Oh Spree, was wirst du uns noch alles schenken!
Ein Zirkus und ein Dom, das gibt zu denken.

MÜNCHEN

Du liebe Mutter- und Vaterstadt,
dir will ich nichts Hartes sagen.
Doch trinke dich nicht allzu satt
an alten glänzenden Tagen.

WEIMAR

Zwei Männer traten
unter dein Zelt,
Hauptstadt Deutschlands,
Hauptstadt der Welt!

SELIG SIND ...

Selig sind die geistig Armen,
denn sie stecken nie die Nase
in den Brunnenschacht des Lebens
voll gefährlich giftger Gase.

Trinken oben aus dem Becken
fromm mit Ochs und Schaf zugleich.
Und dereinst, wenn sie sich strecken,
erben sie das Himmelsreich.

Ja, plärrt nur, «feig», wenn sich ein Mann
trotzig aus eurer Mitte drängt,
ihr, deren ungezählter Bann
wie Läusebrut am Leben hängt.

ANTISEMITEN

Werft doch die Maske von euch.
Es ist ja nicht Sem, den ihr meint.
Hinter dem Rassen- verbirgt
schlecht sich der Klassen-Haß nur.

ARITHMETISCHE PROGRESSION

Ein Paar Zeitungen
zwei Parteizungen.
Zwei Paar Zeitungen
vier Parteizungen usw.

GLADSTONE

Er konnte nie über etwas lachen.
Wie kann ein Mensch so tief verflachen!

FÜR CHRISTIAN FRIEDRICH

«Woran sollen wir uns erziehen?»
An großen Biographien.
Plutarch unters Kopfkissen!
Wie wir's von Napoleon wissen.

AN CATHRINE R.

Du bist von jenen feinen Leserinnen,
in denen unsre Verse schöner werden,
so schön, wie sie zu werden nie verdienen.

Ich sehe Dich mit herrlichen Geberden
an meinen schlichten Träumen weiterspinnen,
und Wunder webt Dein reiches Herz aus ihnen.

VOR EINEM UMSCHLAGTUCH

In diesem Tuch ist Leben eingefangen –
in roten, grünen, goldnen, blauen Streifen,
dazwischen breite weiße Flächen tanzen.
Versuch ich es, dies Leben zu ergreifen?

AN EIN MÄDCHEN

Ich hab mich nicht in dir verlesen:
Dein Wesen lag mir allzu hell.
Du wärst ein frischer Trunk gewesen,
doch nimmermehr ein Lebensquell.

IM ALLGEMEINEN

Der Jüngling schwört es und der Mann vergißt es.
Der sagt: so soll es sein! und der: so ist es.

OLIGARCHIE – OCHLOKRATIE

Derselbe Zirkel, sollt ich meinen:
Die Lüge der Großen – die Lüge der Kleinen.

ICH UND DIE WELT

«Ich und die Welt»
stolz hingestellt.
Nun klingt dazu
leis «Ich und Du».

Ihr karrt in ewig gleicher Spur
und narrt euch vor, dies sei Kultur.

DER GELEHRTE UND GOETHE

«Ich weiß, was er zu jeder Zeit gesagt,
doch mein Gewissen hat er nie geplagt.»

Was berufst du dich auf Goethen,
selbstverliebter Larpurlar!
Kann dich doch *ein* Wort schon töten:
«Was fruchtbar ist, allein ist wahr.»

L'art pour l'art, das heißt so viel:
Wir haben nur noch Kraft zum *Spiel.*

AN –

Du spielst dein Leben lang den Renaissanceler,
doch wahrhaft neu geboren wardst du nie.

Es gibt ein ganzes Heer von Dingen,
die alle singen wollen, singen.
Was Wunder, wenn solch heilger Sache
ich mich, als Mensch, zum Anwalt mache?

IBSEN

Ich habe mit dir gerungen
und werde mit dir ringen.
Du hältst mich stark umschlungen,
doch zerreiß ich auch oft die Schlingen.
So schwankt die Seele hin und her,
bald gelöst, bald verstockt.
Du bist fürwahr wie das Meer –
das abstößt und lockt.

AN EINEN JUNGEN PRIESTER

Uns trenne nichts, mein junger Menschenbruder,
wenn nur du wahrhaft glaubst an deine Gottheit
und mich in Frieden lässest mit der meinen.
Ich will dich nicht nur dulden neben mir,
wie deine Lehrer uns Gottlosen taten –
Du sollst mir heilig sein als Lebenskünstler,
der auf des Lebens schauerlichen Wassern
wandeln will, wie ich.

MAGISTERFREUDEN

Germanen sieht man wenig an,
der Germanist ist heut der Mann;
wir andern können nur radebrechen,
er weiß alleinzig «deutsch» zu sprechen.
Und ob er auch nicht fähig ist
ein armes Wörtlein selbst zu zeugen –
(der Germanist, *mein* Germanist)
er weiß, daß nichts so wonnig ist
als – Schaffende zu beugen.

Vor allem sind die Klassiker
mit Anmerkungen zu versehn
und Zahlen an den Zeilen,
dann wirst du sie erst verstehn.
Doch daß sie sich ganz erschließen,
so helfe dir ferner fort
ein fachmännisch-gründlich Vor-, Bei-,
Zu-, Mittel- und Hinterwort.

DER SPARSAME DICHTER

«Willst du nicht Artikel schreiben?» –
Laßt's beim Epigramme bleiben.
Kann ich's euch in zehn Zeilen sagen,
was euch verwundert,
warum euch Honorar abjagen
für hundert.

Von Herzen Schollenmensch,
von Geist Nomade.

TOTSCHWEIGEN

Ihr Edlen schweigt? . . .
Die Wahrheit steigt
gen Himmel wie eine Lerche.
Ihr bringt sie nicht um;
steht noch so stumm
und stotzig in eurem Pferche!

TRAGIK DER KUNST

Des sei dir, Lieber, stets bewußt
bei allen Künstler-Gaben:
Das Beste blieb in stiller Brust
verschlossen und begraben.

Vor den «abgeklärten» Leuten ist die Furcht nicht unbegründet.
O ich kenne diese Zeiten, wo man «abgeklärt» empfindet.

DIE ÄSTHETISCHEN

Ihr weder Fisch noch Fleisch, ihr – Kopf-Salat!
Ihr preist die Kraft und schmäht doch jede Tat.

AD «GALGENLIEDER» USW.

Ich habe die Welt zu Flugsand zerdacht,
doch konnt ich das Kind in mir nicht töten,
so hab ich es endlich kaum weiter gebracht
als zum Schnitzen von Weidenflöten.

Zum Menschen fühl ich
unverbesserlich mich hingezogen;
belogen und betrogen oft –
was tut's!
Denn was ich liebe,
steht über dem, was einer ist.

Wenn ich die Welt durchs Prisma meines Witzes
fallen lasse – wievielmal ihr Bild
gebrochen wird – oft weiß ich selbst es kaum.

In ein Land der Uniform verschlagen,
zwischen schwarz und weiß gefleckten Büffeln,
kategorisch pflichtgetreuen Büffeln,
Pflüge zerrend, Karren schleppend, Wunder
der Dressur nach Zirkusart vollführend,
traur ich, dumm beglotzt, mit meiner Sehnsucht
Farben, Formen in die Welt zu streuen,
Falterstaub auf aller Dinge Flügel
(und sie haben Flügel, aus dem toten
Klumpen zieh ich sie hervor und weis' euch,
daß sie Flügel haben), Gottesräusche –
wenn Gott Schöpfer sein heißt – wie ein Rabe
in dem Acker bang den andern bergend:
Also leb ich, ein verschlagner Vogel,
zwischen Büffeln, schwarz und weiß gefleckten,
in dem Land der uniformen Seelen!

DEN GESELLSCHAFTSNARREN

Ihr lebt, wie's euch der Kodex vorschreibt,
und damit lebt ihr überhaupt nicht.
Ich bin ein Mensch, der auf sein Tor schreibt:
Der Mann hier folgt nicht, front nicht, glaubt nicht.

Der, dessen ganzer Zug
zum Interessanten nur,
er liebt mir nicht genug
die Fülle der Natur.

Was die Menge beseelt
wider den großen Mann:
Daß er sie quält,
daß sie ihn nicht begreifen kann.

Nur wenn du immerdar gebierst
des Helden welterlösend Herz,
erhöhst du deine Art und wirst
besiegen deiner Armut Schmerz.

Willst du ein wenig zur Wahrheit avancieren,
mußt du vor allem deine Wörter revidieren.
Just diese schöngeistigen Radomontaden
tun der Wahrheit den größten Schaden.

Was braucht ein Volk für Gönner?
Wahrheit-sagen-Könner.

Ein jeder soll den Weg des andern achten,
wo zwei sich redlich zu vollenden trachten.

Ob auch der und jener pfeife,
rechn' ich doch auf Kranz und Schleife,
da's doch den meisten baß behagt,
wenn – ein andrer die Wahrheit sagt.

Das Leben ist kein eitel Spiel
zu Freude oder Leide.
Das Leben ist sich selber Ziel.
Wie Quellen rinnen beide
an seiner ewig jungen Brust,
die wogt in allzu hoher Lust,
als daß sie prüfend scheide.

Wenn du die Welt an jedem Tag nicht neu erobern willst,
verlierst du sie von Tag zu Tage mehr.

Sieh, dies ist Gottesleid:
Zersplittert sein
in Legionen Herzen;
sein Allundein
in tausendfachem Kleid
um schöpferisches Glück und Pein
verscherzen.

Wer liebte nicht zu schweigen, wer einmal
den Grund erkannt, draus die Gedanken steigen.
Und wiederum: Kein Wissen macht uns schweigen.
Wir schweigen, Freund, nur weil uns Rede Qual.

Was siehst du links und rechts und ärgerst dich
am Nachbar. Ärgre dich doch besser an dir selbst.

NACH GORKIS NACHTASYL

Ich misse mehr und mehr den Ernst
für eines Dichters Predigt.
Was du, mein Freund, vom Dichter lernst,
ist meistens längst erledigt.

HARTLEBEN †

Den Schädel hebt mir auf! Den Leib verbrennt!
Den Leib verbrennt, ich liebt' ihn nicht so sehr.
Den Schädel hebt mir auf; ihn liebt' ich mehr:
In diesem Schädel schlief ein Firmament.

AN DEN SKLAVEN MICHELANGELOS

Du eines Riesenplanes edler Rest!
So hebt man an und brütet Grenzenloses,
so rüstet man zu einem Schöpfungs-Fest . . .
Und was wird Form? Zwei Sklaven und ein Moses.

DEM SCHAFFENDEN

Vom zersetzenden Geiste
fürchte das meiste.
Ward sonst dein Geist nur hell und frei,
geh ihm vobei –
und ob dein bester Freund es sei.

Hast du was zu sagen –
so bist du der Rechte.
«Ich habe zu sagen . . .
daß ich auch mitzählen möchte.»

DER IKARIDE

Er trinkt zu viel, sein Auge schwimmt
in Wonnen gemeinen Wohls;
er bleibt, so hoch den Flug er nimmt,
ein Ikaros des Alkohols.

ÜBERBRETTL

Prachtvolles Zeitalter!
Lachen wird plötzlich Programm.
Jedem steht frei, die Welt zu überwinden.
Braucht nur zu grinsen, das übrige wird sich finden
am –
Billettschalter.

Des Juden Freisinn raubt Gewicht,
daß er zu sehr pro domo spricht.

ANNUNZIO

Ich mag dich nicht
und wenn es noch so blinkt
und noch so viel in deiner Kunst besticht.
Du bist ein Mensch für mich, um den es – stinkt.

DICHTERBEKANNTSCHAFT

«Zu Haus in meiner Träume Welt,
wie hab ich ihn mir vorgestellt!
Doch ach, wie ganz betrog ich mich:
Der Esel sieht ja aus wie ich.»

NEO-BERLIN

Welche Kunstsiegesalleen!
Welches Neulandgebuddel!
Ein blendendes Phänomen:
Dies Berliner Kulturkuddelmuddel.

Die Zeit ist nah, sich zu erfüllen –
da wird man im Tiergarten – Bäume «enthüllen».

AN DEUTSCHLAND

In Optimismus sinkst du mehr und mehr.
An Jena denke! Muß der Blitz dich erst
von neuem lehren, daß dein Mark vermorscht?

Hüte dich, Deutschland, vor dem schleichenden Gift
der Selbstgefälligkeit! Du schlichtes Volk von einst,
wie steht dir schlecht der prahlerische Zug!
Ward es dir leid des Schweigens schweres Gold,
daß du des Redens Silber nun so eifrig prägst.
Hast du so viel geträumt im Dämmer und gedacht,
daß du im hellen Licht des Tages nun ein Schwätzer wirst?

Ihr Fortschritteifrer, wie, wenn eines Tages
erhellt, daß ihr berg*ab* stürmt wie besessen?

SKEPTISCHER SCHNÖRKEL

Auf Erfolg
reimt sich Volk;
auf Volk
reimt sich –
nichts.

Was mir «Patriotismus» ist?
Ein Gefühl, das zehn andre frißt.

«SCHUTZMANN»

In seinen Kopf geht nur hinein:
«Imgrunde darf so viel nicht sein!»

Als Gott den preußischen Mann erschuf,
da sprach er: «Es werde der Ordnungsruf.»

VOM EINIGEN DEUTSCHLAND

Der Staat focht wider die Chinesen;
das Volk ergriff der Buren Teil;
das nenn ich ein organisches Gebilde.

Des Volkes Wunsch ist Luft gewesen.
Sein hoher Rat war ländergeil –
und Söldner fielen ruhmlos einer Gilde.

«Det frie Norge», «die freie Schweiz»,
Tiraden über Tiraden!
(Eine Freiheit von etwas fraglichem Reiz –
von der übrigen Staaten Gnaden.)

O STAAT!

O Staat! Wie tief dir alle Besten fluchen!
Du bist kein Ziel. Der Mensch muß weiter suchen.

Wir wollen keine Politik;
wir hassen diese Drachensaat;
wir wollen nur einen Sieg:
den über den Staat.

DEN SCHUSTERN

Auch ihr könnt euch «befreien»,
wert würdigsten Grußes.
Es gilt nicht Chinesereien,
es gilt das Recht des Fußes.

DER SCHREINER

Überall gibt's Entdecker, Erfinder,
überall gibt's Erwecker, Überwinder.
Auch von eurer Zunft wird man einst lesen:
Ist da ein junger Geselle gewesen.
Was unter Hunderten keiner fand,
schuf wie im Spiel seine glückliche Hand.
Er war ein Künstler wie irgendeiner,
er machte die Freude am Leben reiner.

AN TOLSTOI

Totengräber wärst du gerne
aller westlichen Kulturen;
doch wir wandern andre Spuren,
haben unsre eignen Sterne.

Und indem dein blind Verfemen
uns verstößt und unsre Ahnen,
ist die Größe des Germanen
dich in sich – mit aufzunehmen.

Ihr seid alle «historisch verseucht»;
wenn euch ein Teilchen nur reizvoll deucht
gleich sagt ihr, «nicht nein» mehr zum Ganzen,
mögt dann nach allen den Pfeiflein tanzen,
die euch umlocken mit ihrem Spiel.
Aber schweigt mir vom «großen Stil».
Man hat nicht – ihr denkt es euch zu bequem –
klein- und großen Stil außerdem.

«GESELLSCHAFTEN»

I

«Es läßt sich nun einmal nicht mehr vereinigen
mit dem «Anstand» und «unsrer Kultur von heute». –
Gewiß, man wird euch gern alles bescheinigen,
aber schenkt mir die Ausdrücke, ihr guten Leute.

II

Ein Lied wird vorgesungen,
das durch sich selber ist.
Hei plappern da die Zungen
vor Wagner und vor Liszt.
Sie reißen's schier in Stücken
eh's noch zu End' erklang;
o selig, mit Gesang
die Menschen zu beglücken.

III

Und dann zwischen all dem Gurren und Schnarren
doch auch wieder *menschliches* Reden und Schaun.
Denn es sind ja nicht alles Narren
und nicht immer . – O Grauen, o Graun.

Ich kann's, ich kann's nicht mehr ertragen,
dies artige geleckte Sagen,
dies kluge Reden, süße Blicken –
dies Lachen, Rufen, Köpfenicken.
Dies Wörter- und Gedankenschniegeln,
dies eitle Sich-im-Nachbar-Spiegeln,
dies ganze falsche hohle Treiben –
Nein, laßt uns bei uns selber bleiben.

«Der, mit dem du sprichst,
ist immer der Weise,
die übrige Welt
gruppiert sich um ihn im Kreise.
Höchstens ein paar Gipfel in der Ferne
sind ihm heilig noch,
ein paar Sterne –
wieviel große Geister gibt es doch!»

Das macht, daß jeder nur gern lebt,
wenn er sich tüchtig überhebt.
Einen Grund hat jeder – besieh's nur genau –
und wär's zuletzt nur – seine Frau.

Nichts trauriger, als wenn die Mittel fehlen,
sich immer mehr und besser zu beseelen.

FRAGE OHNE ANTWORT

Es gibt Menschen, die so groß sind,
daß ihnen solche Dinge nicht mehr dienen.
Es gibt Menschen, die so groß sind –
gehörst du zu ihnen?

EINEM UNGEZOGENEN

Du treibst es wohl wie jener junge Hund,
der auf uns sprang mit heftigem Gebell,
ein weiches allzuweiches Naturell
verbergend hinter lautem keckem Mund.

Was braucht's des Spiels: kein Jüngling steht vor dir
der alles gleich so nähme, wie sich's gibt.
Was mußt du den betrüben, der dich liebt –
dich lieben könnte –! Komm, ergib dich mir!

BEKANNTSCHAFT

Wir sprangen ineinander hinein,
kein Wandern mochte lustiger sein.

Wir tummelten uns kreuz und quer,
als ob des Lands kein Ende wär.

Bis unsre Zeh'n und Knie fanden,
daß hier und dort auch Steine standen.

Grenzsteine, wie wir bald bemerkten,
als sich die Stöße grob verstärkten.

Da zogen wir uns denn Stück um Stück
wieder aufs eigne Gebiet zurück.

LACERTA MOSAICA

«Bin ich dir Symbol der Helligkeit?
Freund, mein Geist ist nichts als Schnelligkeit.»

«GRÜNDE»

Was fragst du ruhelos: Warum? –
und meinst den Fall verstanden:
Wenn sich mit Gummi sophisticum
er und dein «Wort» verbanden.

«Gründe» sind Talmudistenglück.
Wir ziehen uns auf das «Es» zurück
und selbst dies Es sei uns geschenkt
(wie Nietzsche einmal sagte: «denkt – . . .»)

Wie trifft man oft, vom Schaffen heiß,
auf Hundeschnauzen, kalt wie Eis,
verliert so Jugend wie Gewalt
und wird in zehn Minuten – alt.

Er war ein Pantoffel und stank am Ofen,
sie nannten ihn einen Philosophen.

Die Schönheit, deren Herz nicht Wahrheit heißt, ist tot.
Und käme sie mit Gold und Purpur überhäuft,
ihr Aug ist stier und leer; denn sie ist tot.
Und setztest du ihr diamantne Kronen auf –
ein armes Kind, mit einer Hand voll Blumen, rührt
sie an und sie zerfällt, denn sie ist tot.

Es gibt Unterschiede
und soll sie geben.
Nur kein fauler Friede.
Lieber kein Leben.

So fand ich es überall und immerdar:
Wo etwas Großes zu schaffen war,
stand der Erste allein.
Kein Felsen im Meer konnte einsamer sein.

Wen läßt ein Musikante leben?
Keinen und ein oder zwei daneben.

Ist auch alles nur Theater,
jeder dünkt sich doch Gottvater
und wirklich fehlt nur um ein Haar
ist er's sogar.

Gerechtigkeit – ein göttlich Wort!
Doch setzt nur gleich dabei:
Auch jedes Krüppels Feldgeschrei
und jedes Pöbels Hort.

Schlachtfelder sind wir allesamt,
auf denen Götter sich bekriegen.

LETZTE FERNSICHT

«Ich möchte durch dein Fernglas schaun, Papa –»
«Da nimm. Du wirst zuletzt nur selbst dich sehn, –
wenn es ein Fernglas ist ...» «Mich selbst?» «Ja, ja.»

Halt unter Schlüssel
Wirken und Leben.
Jedem Schweinsrüssel
bist du sonst preisgegeben.

Bescheidenheit ist ein Leiden,
damit es oft seltsam ergeht.
Man wird zuletzt so bescheiden,
daß man wirklich fast nichts mehr «versteht».

Nur keinen Schutzzoll in geistigen Sachen,
nur sichs nicht bequem machen.

Ich liebe die Furche des eilenden Schiffes,
die lange gescheitelte Straße des Kieles.
Sie ist wie der Pfad des enteilenden Tages,
sie ist wie die Spur des durchmessenen Lebens.

Nichts trostloser als ein Humor,
den man aus Humorlosem kitzelt.
Die Welt ward zu Tode gewitzelt
und trister denn je zuvor.

Sieh her, mein Kind, und lerne diese Zweiheit:
Den Hang zur Güte und den Drang zur Freiheit.

ESELGESCHREI

Du lachst des Frühlings, der den Esel plagt.
Beim Menschen eilt die ganze Welt herbei.

O reife Frucht
des Baums,
der Leben heißt;
wer pflückte dich,
der's nicht mit Blut
erkaufte!

Was kümmern dich zehntausend Ding und Dinger,
was sorgen dich Georgen, was Karlinen;
da nimmt ein kleines Mädchen dich am Finger
und plötzlich stehst du mitten unter ihnen.

DER MITTELMÄSSIGE ÜBERSETZER RECHTFERTIGT SICH

Wähle saure Mienen
draußen oder daheim.
Du kannst nur *einem* Herrn dienen,
dem Original oder dem Reim.

«So heb's in eine dritte Sphäre!» –
Als ob's dann noch das Alte wäre.

Laßt alle Überschätzungen.
So spricht der Gerechte:
Es gibt nur schlechte Übersetzungen
und weniger schlechte.

Dies seine Art in allem wiederfinden
was man vollbringt im Guten und im Bösen;
dies sich aus seinem Tun und Lassen lösen –
O welche Flut von schwankendem Empfinden.

Ich bin kein Anarchist, weiß Gott,
weit eher noch Reaktionär;
ein großer König ist mein Gott.
Wenn nur einer zu finden wär.

Wie lieb ich dich o Schmerz, du Erdreich aller Lust;
o litt ich mehr, daß auch mein Freuen tiefer wäre.

Auf Juden hör ich immer gerne,
damit von ihnen meine Zunge lerne.
Sie schärften sie dreitausend Jahre:
Nun spalten sie damit die feinsten Haare.
Und wieviel Haare hat es nicht, das Wahre!

ZUR MODERNEN SCHAUSPIELKUNST

«Vor allem Echtheit und Natur –».
Hier ist ein *Handwerk* erst getan.
Natürlich sein ist eure Pflicht,
dann fängt die *Kunst* erst an.

OTTO SHYLOCK

«Mit eurem Ideellen
stimmt ihr mich höchstens heiter,
mit Menschen und mit Fellen
handelt man, nichts weiter.»

IBSEN

Den Tag im Hausbuch rot gemacht,
da ich dich endlich über-dacht.

DER KÜNSTLER

Laß dich nicht nach Menschenweise
an den Tanz der Dinge binden.
Sprich: Verwirrt mir nicht die Kreise!
Alles andre wird sich finden.

H. B.

Kleinstädter des Geistes,
Typus «Überhinz»;
viel Erruhtes und Erreichtes –
und doch bloß Provinz.

H.

Einst wird finden die Historie,
dieser Kaffee barg Zichorie.

Werd ich sentimental, so sagt mir's gleich:
daß ich dreimal ausspucke vor mir selbst.

Du magst mich schlagen, wenn's dich freuen kann,
zusammenhaun mich wie mit nacktem Schwert;
mein Eintagsteil ist deinen Faustschlag wert,
doch was darüber, blickt dich schweigend an.

Von den Armen der Natur
ward ich hin zu Gott getragen,
von den Lippen der Natur
ging mir zu Sein erstes Sagen.

– 1904 –

PANTHEISTISCH

Die Motte stürzt verfolgt vom Gotte
und ist doch selbst von Gott ein Stück;
so trinkt zugleich er Lebensglück
und Todesleid, – Gott-Mensch, Gott-Motte.

Lehrer Tod,
der du die Menschen lehrst,
ihren Trotz durch Not
zur Einsicht kehrst –.

Richter Tod,
vor dir gilt kein Gefecht –
du bist weise und
du bist gerecht.

P. M.

Dein Schädel ist eine Hütte klein
mit einem tiefen Schindeldach,
darauf viel große Steine sein
und drinnen ist ein eng Gemach.

Da haust Mann, Frau, Kind, Geiß und Schwein,
da tönt's und düftet's mannigfach,
und böse blinde Fensterlein
die halten vorn die Welt in Schach.

Ein Falter fliegt vorüber bunt ...
da quillt das ganze Hirn heraus:
«Was willst du hier bei uns, du Hund?»
Und konvulsivisch bebt das Haus.

Unselbständige Form? – Dem selbst selbständig Gewordnen
steht zu freiem Gebrauch alte wie jegliche Form.

DIE BEIDEN DENKER

Sprach ein reicher Mann da kürzlich
von der Fülle seiner Sorgen:
«An so vieles muß ich denken,
wie Sie sich nicht denken können.»

«Ich», etgegnete der Dichter,
«bin des *vielen* Denkens längst schon
überhoben, denn ich denke
längst nur noch an den – Revolver.»

Ich habe von der klügsten Frau vernommen:
«Mein Herr, wo kann man wohl Ihr Buch bekommen?» –
Beim Kaufmann, weiß man, gibt's Zibeben.
Allein, wo mag's nur Bücher geben?

AN DEN BÜRGER

Ich liebe dich wie jede Lebensform,
doch ist mir «Norm» nicht mehr als «Widernorm».

Wovor ihr euch bekreuzigt, auch die Freisten,
es soll mich nun und nimmermehr entgeisten,
ich will nicht mit in eurer Ordnung stehn,
ich will die Welt mit größerm Auge sehn,
mit einem Blick, dem gut und bös nichts gilt
und dessen Freiheit keine «Wahrheit» stillt,
der, was ihr immer urteln mögt, zerachtet,
wie Eintagsspuk, der ihn umsonst umnachtet.
Ich habe keinen Ernst mit euch gemein.
Sagt, was ihr wollt, mit Legionen Zungen!
Durch eure Mitte schreit ich unbezwungen,
mit meinem Ernst auf Ewigkeit – allein.

Wie bin ich, Bürger, oft so gern dein Gast;
wie dient mir deine Welt gar oft zur – Rast!

DU VOLK

Du Volk um mich, versunken tief,
in deinem Meer, dem grauen, –
der kategorische Imperativ,
reicht er zum Kuppeln-Bauen?

Du sieh dich vor, daß dein Gewicht
nicht einst zu leicht erscheine:
«Es stritt um seinen Platz am Licht;
doch Wunder? schuf es keine.»

Zu Röcken liegt ein Grab,
darin liegt Deutschland begraben.
Wann wird es wieder auferstehn,
von neuem über die Erde gehn?
Zu Röcken liegt ein Grab ...

GROLL AUF BERLIN. IN IRA VERITAS

Das ist die Liebe, die um *Heimat* wirbt
und die am klaren Tag zu Frost erstirbt.

Wie kann wohl Heimat sein, wie groß es sei,
was solch ein Wust der tiefsten Barbarei.

Nicht daß man keinen totschlägt, ist Kultur,
Kultur ist Wandel auf der Schönheit Spur.

Ich schaue nur ein großes Sklavenheer,
die hundert fehlen, daß aus viel wird mehr.

Der Adel fehlt, der schöpferische Geist,
der all dies Volksgewirr zur Größe reißt.

Der sein gestaltlos Tun zusammenrafft,
daß es nicht Werte *mischt*, nur Werte *schafft.*

DEM GEWIMMEL DER REGISTRATOREN

Wert hat nur das Dokument,
aber nicht das der Person,
nicht das eines Hinz, Kunz, Cohn,
sondern weil ein *Mensch* hier brennt.

Hier ist ein Strom,
willst du ihn haben, Welt?
Dumm steht's herum
gut, dumm und ohne Arg.
Dumm lächelt's, gut und dumm –
und *so* voll «Recht».
Da tritt in einem schlimmen Augenblick
der Strom zurück.
Ein Herz steht still –
nichts weiter.

DER ZEITUNGSLESER

«Unendlich viel geschah,
just da
ich Mensch gewesen.»
Und was geschah von dir?
«Von mir?
Das, was geschah, zu – lesen.»

O. H.

«Das Mittelmäßige reißt uns herab.»

O Scham oft, tiefste Schande Mensch zu sein,
Mitmensch von Geier, Büffel, Fuchs und Schwein.

Es ist der Maßstab, der den Rang bestimmt.
Wie leicht, wie schwer ein Geist die Dinge nimmt.
Hier ist ein Mensch, der nicht zu wägen weiß,
und drum gehört er nicht in eines hohen Lebens Kreis.

Lieber Freund, begreife ...
der Mensch ist eine Seife,
die das Schicksal verwäscht.

O Ehe,
du freier Männer Wehe!
Wo man spricht von Käs und Brot –
und einst schlug man den Lindwurm tot.

DER BUCHSCHMUCK

Des Schnörkels Welt langweilte sich zu Tode.
Da ging sie hin und ward als – Buchschmuck Mode.

INNENLANDSCHAFT

Mit rechter Seelenwärme
verfolg ich sein Beginnen –
er zeichnet mein Gedärme
von innen.

«WORTKUNST»

Gestatte, daß ich Eurer «Wortkunst» lache.
Was, «Wortkunst»! Dichtung ist des Dichters Sache.

AN DIE VAN DER VELDES IN ALLEN KÜNSTEN

Es wirft die Linie sich herum,
als sähe sie ins Publikum.
Und läßt sie nicht von diesem Spiel,
so wird daraus – verlogner Stil.

VOR MICHELANGELOS JOHANNES DER TÄUFER

O Jüngling so voll Lieblichkeit,
voll reinsten Menschenadels so! –
Der Florentiner jener Zeit,
wann kommt er wieder? Wann und wo?

BEI EINER ERNEUTEN LEKTÜRE DER MORGENRÖTE

So oft man seiner auch vergaß,
so oft steht uns aufs neu enthüllt
des Edlen übergroßes Maß,
das jedes seiner Werke füllt.

EIN MÄDCHEN

«Eine Stimme spricht
mir zu:
Dies tu,
dies tu nicht.»

Und nun tu
wie sie dich heißt,
wandle, Geist,
Gott zu . . .

VERMAUERTE ASCHENURNEN

Dort hinter Tafeln ruht ihr Staub in Schalen.
Wir sollten ihn dem Leben nicht entziehn.
Und doch – des Himmels unsichtbare Strahlen
durchdringen Erz und Stein und finden ihn.

SEGEN DER IN-SICH-RUHENDEN

Laß ihn sprechen, wie er will,
denke: ja, und denke: nein.
Doch er *selber* tief und still
werde dein.

VOR EINEM ÄHRENFELDE (FÖHR)

O Menge, wärst du schön, wie dieses Feld,
wär deine Stimme lieblich wie sein Rauschen,
wie wollt ich froh dich schaun, dir innig lauschen –
o wärst du solcher Einheit Bild, o Welt!

Und wenn der Genius über deinem Gold
wie dort die Lerche süße Lieder sänge,
wie liebt' ich diese Höhe, diese Enge,
wie anders wär ich solchem Schauspiel hold.

Mein Hang,
nur ja nie ein zu stolzes Wort zu sagen,
hat redescheu gemacht mein halbes Denken.

Aber etwas ist in mir, das sprudelt
wie ein ewiger Quell, zwar oft verschüttet.
Und ob dieses Quells voll Lebensperlen
bitt ich euch: Vergebt mir, was ich *nicht* bin.

Ich kann im Augenblick nichts fertig denken;
es muß sich alles erst in Erdreich senken,
dort wirkt es mit lebendiger Kraft.

AN –

Du bist so oft bei mir in meinen Träumen –
um wachend dann mein Leben zu versäumen.

LETZTES

Eine Hütte,
mich,
ein Mädchen,
Ruhe vor der Welt.

Und dann:
Alles
für die Welt!

SELBSTGESPRÄCHE

O *ihr* wißt wundergut, was Leben heißt.
Ihr ehlicht, zeugt, genießt, arbeitet, sterbt.
Wie ein Gesetz ist euch das vorgekeilt,
und ihr erfüllts.

Ich ungewisser Geist,
ich hab noch immer leben nicht gelernt,
mir bleibt das Leben ewig fremd und neu.
Ich hab zu viel zerdacht, zu viel entthront.

Bau mir ein Luftschloß –
aus dem Atem meines Mädchens.

Möge das als niedrig gelten:
Was man nicht vermag, zu schelten.

So klein der Winkel,
so groß der Dünkel.

Furchtbarer Wuchs durch Jahresreihn empor,
den Tag um Tag mit seinem Saft genährt,
Natur, die selbst nur wiederum Natur gebärt –
erschauernd stell ich dein Geflecht mir vor.

Aus der Erde wachse die Kunst, wie die Ähre zu wiegen
hoch ihr schwankendes Haupt golden in Sonne und Wind.

Hoffnung? Warum hoffen.
Steht die Bahn nicht offen
zu weit mehr?

Der Kunst Geheimnis hältst du bald am Kragen:
Hab was zu sagen und du wirst es sagen.

AN DIE VIVISEKTOREN

Ihr braucht das Tier, so braucht es, gut,
es soll euch nicht verwehrt werden,
doch daß ihr wisset, was ihr tut,
das darf begehrt werden.

Und wem ein einzig Äfflein nicht,
das trüb auf seinen Quäler äugt,
(die Kraft nicht, doch –) den Stolz zerbricht,
der wäre besser nicht gezeugt.

«Wissen wir denn, was wir sollen?
Alles ist nur ein Spiel –»
Und das wäre kein Ziel:
Gott verwirklichen wollen?

Ihr nehmt ja allen Duft und Schleier fort,
darin Lebendiges allein gedeiht.
Dein Sinn ist allzu lüstern, meine Zeit,
und «Ehrfurcht» lautet nicht dein Lieblingswort.

GEGEN DUMMHEIT

Tilg ein m und setz ein pf dafür
und als Dumpfheit ehr sie nach Gebühr.

Aufschrift für einen Orden:
In Ehren weiß geworden.

Wenn von links mich Feld und Dickicht riefe,
und von rechts der Mensch der «bessern Kreise» –

zög ich meinen Hut in aller Tiefe
und begäbe mich zu Fuchs und Meise.

Denn was dort nicht dumm ist, ist verbogen.
Deutsche Bürgerwelt, du bist *verlogen.*

«Es war von jeher Brauch,
also – üben wir's auch.»

«Völker in Waffen» gibt es,
bricht die große Not herein;
Volk der Erde, geliebtes,
wann wirst du Ein Volk in Waffen sein?

ZUM THEMA KIRCHEN

Oft bedünkt mich, als ob Vorurteile
Schiffe seien, die vor Küsten tanzen:
Bis das Land erforscht im ganzen,
ziemt sich, daß das Volk verweile.

TAINESCHE SCHULE

Mit diesen an- und eingeborenen Gefühlen!
Man frage doch seit wann? woraus?
Bemüht man sich, den Boden aufzuwühlen,
so gräbt man bald die Wurzeln aus.

GELEHRTENART

Diese Gelehrten!
Sie fingern kalt am Unerhörten.

BEAMTE

Wie man's schon am Körper merkt,
ob Beamte oder nicht,
Hemd und Seele gleich «gestärkt»,
jeder Schritt ein Schritt der – Pflicht.

DIE DAME

Von manchem kräftigen Geiste
sagte die Dame: Nun, nun,
kein Wunder, daß er was leiste,
er habe ja sonst nichts zu tun.

STOSS-SEUFZER

Gib mir Juden, Russen, Franzmann,
Blut und Geist auf alle Weise,
doch erspar mir deine, Landsmann,
sogenannten bessern Kreise.

MORALPFAFFENTUM

«Der Moralist ward Herr –
es ward (o Spott!)
der Mensch vorsichtiger
denn Gott.»

Worauf nur dies zu erwidern:
Es ist kein teurer Spott,
den Mensch unter Gott zu erniedern: –
Ach, auch der Moralist ist – Gott.

EIN REZENSENT AN DEN DICHTER

Der Dichter soll, was *sein,* betreiben,
nichts andres wünscht sein Rezensent,
und zwar, was *er* sein sein benennt,
soll, meint er, sein sein sein und bleiben.

Du also üb' dein Konterfeispiel
von Berg und Baum und weiter nichts,
doch tritt uns nie zu nah (zum Beispiel),
denn sieh, am übrigen gebricht's.

Wie hoch es auch im Werte mißt
dies Sich Ex-subjizieren, –
wenn das Subjekt kein Objekt ist,
so wirds nicht intressieren.

Die alten Tempel brachen sie zu Rom,
als neuer Kirchen sie begehrten.
Wir werden unsern lieben Dom
einst ebenso verwerten.

Der Mensch ein chemischer Prozeß.
Ein Wahrwort. Doch was wiegt's?
Gewiß, «Prozeß», – doch daß er des
selbst inne wird, da liegt's.

Alles ist von Wichtigkeit,
alles ist nicht gar so wichtig.
Nur die rechte Sichtigkeit
und du wandelst richtig.

Und Notwendigkeit
ist auch nur Kleid.

Erdnacht ist schwer und dunkel, Weltnacht nicht.
Ja, jene Nacht ist Nacht, doch diese – Licht.

Morgens ein Kristallkelch voll Gefunkels,
Abends lustlos, ein Gefäß des Dunkels.

VIELLEICHT –

Aus Blut und aber Blut erblüht die Rose,
die in die blauen Räume steigt –
bis sie sich überpurpurn wieder neigt –
und wiederum zerfällt in – blutige Lose.

Jeder Feind hat doppelt Quartier,
eins bei sich und eins bei dir.

Von wenigen erkannt in meiner Weise,
so geh ich durch die Menge lächelnd, leise.
Sie wird mein Wesen schon einmal erraffen,
und daß ich ihr zur *Freude* ward geschaffen.

Es ist der Mensch ein wunderlich Gericht,
an dem nicht nur der Magen zu verderben.
Der Mensch ist giftig, wußtest du das nicht?
Bist du nicht giftfest, mußt du an ihm sterben.

SINNLICHKEIT

Das brennt und bricht
durch alle Zeit:
Das Ewige Licht
Sinnlichkeit.

Ein Verallgemeinern
ist oft ein Verkleinern.

Wer weiß, was ich will,
der hält mir still,
der läßt sich schelten,
nicht mich's entgelten,
der pfaucht mich nicht krumm –
der setzt mich um.

Was ich möchte im Guten und Bösen:
Recht viele Menschen zur Freiheit erlösen.

EHRGEIZ DES SORGENREICHEREN

Ihr kennt wohl nicht den Haß aufs i,
die Wut aufs ei, ihr guten Leute,
ihr wurdet nie des Ekels Beute,
weil euch die Sprache a's nur lieh?

Ihr klagt ob «andrer Dinge» sehr,
d. h. ob andrer minus dieser,
d. h. – gestattet – (noch präziser)
ob *weniger* als ich, nicht *mehr*.

Zu allen, ja zu allen möcht ich kommen,
tief übers Einzelmenschliche hinaus.
Als Geist nur aus der Ferne kann man frommen,
ein Mensch ist nur ein Mensch bei sich zu Haus.
Nur in die Ferne wird er wirklich strahlen,
und aus der Nähe wird sein Licht bald blind,
da müssen alle wir dafür bezahlen,
daß wir nicht Geister nur, auch Körper sind.

ZU GIOSUÈ CARDUCCIS TOD

Hat sich einer vor Gewalt
und Beschränktheit nicht gebeugt,
preist man, starb er endlich, alt,
wie für «Wahrheit» er gezeugt.
Statt zu melden ungeziert:
Einer Welt, drin noch fortan
Narr und Knecht und Kind regiert,
starb «ein Mann», nichts als ein Mann.

DIE ÜBERZEUGTEN

Sie sitzen alle auf Stühlen
mit wohlgedrechselten Beinen.
Sie nennen das ihr Meinen,
sie nennen das ihr Fühlen.

RICHTERPHANTASIE

Vor dem irdischen Gericht
gingst du deiner Wege,
doch es wartet, Bösewicht,
droben mein Kollege.

AN JEDEN, DEN'S ANGEHT

Ich weiß, wie der Gesellschaft Mühle klappert,
da kommt der Einkehr Geist kaum zu Gehör.
Es ward ja auch nicht nur so hin geplappert:
Das Wort vom Reichen und vom Nadelöhr.

Heute schreiben wir noch «Welt».
Doch als «wellt» wirds klarer vorgestellt.

RAT AUS EIGNER ERFAHRUNG

Du mußt, mein lieber Freund, erst einmal Narr werden,
erst einmal machen, daß die Mienen starr werden,
dann wird man sich vielleicht bequemen,
auch was du Ernstes schreibst, zur Hand zu nehmen.

ZUR ERKENNTNISTHEORIE

Etwas sagen, hat wenig Sinn
und wenn es das Tiefste wäre.
Ein Buch ist nur eine Fähre,
doch wer sitzt drin?

NACH EINER «ÜBERBRETTL»-VORSTELLUNG

Wie ferne leb ich jeglichem Programm;
kein Rottenfähnlein schmückt mein einsam Zelt.
Doch halt ich Umschau in des Bourgeois Welt,
dann denk ich: Volk, o du sanftmütig Lamm!

AUF EINEN ZU ELEGANTEN PRIESTER

Zu elegant für einen Gottesdiener.
Man hört, wie er zu seinem Schneider spricht:
Verpfuschen Sie mir, teurer Wiener,
nur ja die Taillenlinien nicht!

Höfischer Prunk,
festliche Phrase.
Schaler Trunk
aus gemaltem Glase.

Und der Gefürstete
merkt nicht die Schmach,
wähnt noch, es dürstete
wen danach!

DEN ABSTRAKTEN

Das ist das Arge: Ter–mi–no–lo–gie,
in allem; nichts mehr ohne Terminus!
Da soll noch Leben leben können! Sieh:

Das Leben ist urewiglich – Moment,
ein Anfang ganz; du siehst drin einen – Schluß
und glaubst, du kenntest, was doch ruhlos – brennt.

NIETZSCHE AN DIE ZEIT

O Zeit, o Zeit, o Zeit, die sich und mich verliert.
Die mich, den Sturm, nicht spürt, nur mich, den Wurm,
seziert.

BUCHSCHMUCK

Was soll uns dieser blöde Schnörkelkohl?
«Ich bin der BUCHSCHMUCK, Esel; wirst du wohl!»

PROGRAMM-MUSIK

Papiermusik. O möcht uns bald von dir befrein
die Tuba des Gerichts mit ihrem Ja und Nein.

-N-N

Das ist fürwahr ein artig Bild:
Ein Faun putzt Deutschlands Tugendschild.

Du kannst keinen Großen mehr ruhig verehren,
mußt dich zugleich seiner Narren erwehren.

GLÜCKSELIGER MALERSTANDPUNKT

Madonna! Welche Armut, welcher Dreck! –
Doch auch wie wundervoll als – Farbenfleck!

K., DER WILDE MANN

Er besiegt dich im Florettspiel,
wo er springen kann und schrein.
Aber fordre ihn auf Brettspiel
und er zahlt dir deinen Wein.

NATURWISSENSCHAFTLICHE POPULARISIERER

Wie nenn ich diese Geister nur? –
Die guten Onkels der Natur.

EIN DICHTER

Und blieb er auch ein Ringer bloß,
er bleibt doch noch beinahe groß,
er rang, er sang nicht, doch er rang,
und «rang» ist Rang und gibt *auch Klang*.

AN EIN CHINESISCHES TEEKÄNNCHEN

Bist du auch kein Kunstwerk noch,
machst du doch mich Künstler froh,
bist du aus dem Lande doch
des Li-Tai-Po.

Und ein täglich schmeichelnd Pfand,
daß dein Volk im Werktagskreis
(anders als mein Vaterland)
um *Schönheit* weiß.

IM BOZENER BATZENHÆUSEL
OTTO ERICH HARTLEBENS GEDENKEND

Heute tret ich diese Schwelle,
die du gestern überschritten.
Morgen wird ein Dritter kommen
und ein Vierter folgt dem Dritten.

Jeder, der vorangegangen
wird Vergangenheit dem andern –
und doch ist mir oft, als säh ich
immerdar – DEN SELBEN wandern ...

AUF EINEN HEIMGEGANGENEN

Er ging in den großen Nebel hinein,
man sah ihn noch lange schreiten.
Bis er zuletzt als wie ein Schein
zerfloß nach allen Seiten.

1900 POST CHRISTUM NATUM

Stein und Eisen in Menschenhand,
Stein und Eisen wider Menschen gewandt ...

Der «Sinn der Erde» in Kerkernacht –.
Der «Sinn der Erde» im Mord der Schlacht –.

So wuchs die «Seele», so wächst sie noch.
Denk es, o Seele!

ZU «RASKOLNIKOW»

Wenn die Rosen
um deine Stirn, Mensch,
nicht Blutstropfen sind,
wirst du nicht wissen,
warum du lebst,
bleibst du ewig ein Kind,
Mensch.

AN CHR. GÜNTHER

Ich suchte oft nach einem deutschen Buche
mit kleinen Liedern, das ich lieben könnte,
so recht von Herzen lieben; – und nun gönnte
das Leben mir, daß ich nicht fürder suche.

«Ich habe das noch nicht gelernt!» das ist
ein köstlich Schul- und Volkswort; denn es spricht
die Welt in jedem Augenblicke aus,
nicht mehr, nicht minder als die ganze «Welt».

Mich geht der Jesuit nichts an. Jedoch
sein Satz vom Zwecke, der das Mittel heiligt,
er ist vielleicht ein Griff ins Herz des Lebens:
wenn Welt das Mittel ist zu Gott als Zweck.

Und magst du alle Worte auch verbrennen,
du mußt dich endlich doch zum *Wort* bekennen.

Ob Jesus ein Mensch war oder nicht,
darob nur ein Tor sich den Kopf zerbricht.
Denn nur ein Torenkopf vergißt,
Daß «Mensch» nichts als ein Deckwort ist.

Glaube nicht, du kannst mit dir betrügen.
Du wirst genügen oder nicht genügen,
je nach dem Grund, aus dem du aufgestiegen.

Ich achte heut noch, was ich einst geachtet:
Dem Manne Schmach, dem Geld und Gut gegeben,
ohn daß er durch ein zwiefach adlig Leben
den blinden Zufall auszugleichen trachtet.
Verharren wir im «Unsern» ohne Liebe,
so schilt man uns nicht nur, so *sind* wir *Diebe*.

Ich lobe mir den Freund, der wachsen macht;
vor trocknen Seelen nimm dich, Herz, in acht.

«GESCHWÄTZ»

Geschwätz, Geschwätz! ... Doch nur der Laie hört –
Geschwätz (und nichts darüber!), nur der Laie.

Und sähst du deine Gottheit aller Enden,
du müßtest doch als Mensch dein Los vollenden.

Wer wär ich, wüßt ich mein Wohin
und könnte sagen, wo ich ende;
ich weiß nur, daß ich Wandrer bin
und wandernd meinen Tag verschwende.

Ihr, ins Gewand der Pflicht geschient,
ihr mögt, ihr müßt den feindlich messen,
der hat, was ihr entbehrt, und dessen,
was ihr besitzt, sich dreist bedient.

Was gab ich denn den Menschen, das mir nicht
Natur die gütige zuvor gegeben.
Ich bin nur wie ein Krug, in dem das Leben,
die ewige Quelle, seine Wellen bricht.

Ich habe mich zu halten nie gewußt,
ich lebte ohne rechte Zucht so hin –
und fand trotz allem einen Lebenssinn,
zu groß für einer Menschheit Riesenbrust.

Aus mir kam mir mein Erlebnis,
das mich stark macht und zerbricht.
Nein, ein äußeres Begebnis
formte dieses Leben nicht.

Krankheit, Armut, Liebessachen
halfen wahrlich treu genug,
doch sie waren nur ein Nachen,
den ein Schicksal zielwärts trug.

Überall bin ich allein,
wie ein Stein,
der in ein Spiel nicht recht paßt,
überall bin ich Gast.
Nirgends ganz dein –
Welt –

AN DIE SCHULD

Dir dank ich, Schuld,
was ich ward.
Du dunkle Huld
hast mich verdammt –
und so entflammt
meine Art.

INSELCHEN URGESTEIN

Ein Felsplateau gewann ich doch,
auf das ich aus der Meerflut kroch:
Den aller Orte letzten Ort,
darin verscharrt der Zwerge Hort
das Felsengrab, in dessen Spruch
die Brandung kocht ohn Unterbruch:
Hier ruht das WORT.

Ich habe durch die ganze Welt gesucht
das Unerwartete von Mann und Weib.

Verzeiht mir, bin ich schroff und hart;
doch kurz ist meine Gegenwart.

Wer in den Tod tut marschieren,
der lernt leicht Soldatenmanieren.

O Tod, so nimm denn dies mein Leben hin!
Dein Sinn ist tief; dein Sinn ist stets Mein Sinn.

AN M-A

Du bist ein Herz, himmlischer Liebe fähig,
nicht irdischer allein. Alles was Mädchen sonst
anhaftet, sinkt von dir wie ein Gewand
von buntgestickten Blumen. Und es bleibt
allein ein Mensch.

LAGARDE

Sie wollen dich nicht kennen,
doch ich wills mit dem Schwert
ihnen ins Antlitz brennen,
daß sie: deiner nicht wert!

Mit diesem «Wahn der Größe»; ja, mein Volk
möcht ich dich impfen, diesem: daß du dich
ein Volk von Göttern fühlst und nimmer mehr

von bloßem Eintags-Wesen, gierig auf
den nächsten Tag, nur höheres Getier; –
erwacht denn – Götter! endlich zu euch selbst!

CAND. IMPOND.

Er war ein Kandidat des Unwägbaren,
«Cand. Impond.» und *dem* Volk verhaßt,
das nur begreift, was es befaßt;
ein Gnadenreich vor ewig Gnadebaren.

AUF EINEN ERNSTEN GELEHRTEN

Nichts Schöneres als eine ernste Seele,
die, was sie schaut, gelassen andern spiegelt
und alle Kraft, die reich ihr innewohnt,
allein ins Leuchten dieses Spiegels legt.

PSYCHOLOGUS PSYCHOLOGO

Dies habe, lieber Nasenstüber,
der du mich meistern willst, recht acht:
Was du, Freund Psycholog, belächelst –
das hab ich längst schon
über –
lacht.

WIEDERKÄUER

Zuerst erlebt der Mensch, dann käut er's durch,
erlebt im Durchkäun Neues, käut dann wieder,
und so in infinitum, käut sich so
allmählich durch, das göttliche Kamel.

CHIFFERNSCHRIFT DES GEISTES

Was sind das – Gegenstände?
Ist alles Werk der Hände
und damit Geisterwerk.

Im Sturm, da gibt es nicht mehr dies und das,
nicht mehrerlei, nicht zweierlei, der Sturm
hat eine Möglichkeit nur, sich, den Sturm.

Grau in Grau der Abend.
Rot in Rot der Morgen.
Seele, wo ist Wahrheit!

Rot in Rot der Abend.
Grau in Grau der Morgen.
Was ist Wahrheit, Seele!

Dies sollt ihr endlich lernen,
dies wird euch von vielem entfernen:
Wir sind ein *Stern* unter *Sternen.*

Habe nur den rechten Blick –
Alles ist Schuld zuletzt
und alles muß – Sühne sein.
Wer spricht zu sich: Ich bin von Fehle rein,
wer sähe vorwurfsfrei auf sein Geschick.

Und immer tiefer wühlst du dich hinein
ins Leben, daß du Blut zutage schürfest,
und ringst mit immer schmerzlicherer Pein;
daß du des Fühlens Würfel höher würfest.

Daß einer immerdar vom andern lerne –
wohlan! Doch – uns genießen? Das sei ferne.

Ich liebe nicht, dies «selbstverständlich» sagen,
wenn Tiefstes man vor ihrem Blick entzaubert,
von selbst versteht sich nichts, was wahrhaft eigen.

Doch freilich, wer von seinem Abgrund plaudert,
der muß auch, daß man ihn be-plaudert, tragen.
Zerriß er selber doch zuerst sein Schweigen.

Nur wer den Menschen liebt, wird ihn verstehn,
wer ihn verachtet, ihn nicht einmal – sehn.

Ordnung und Klarheit – schöne gute Dinge,
wiewohl ich nie im Zweifel war:
Die Welt ist (mindestens in manchem Sinne)
so wenig «ordentlich» wie «klar».

Vergeßt mir nur das *Fürchterliche* nie,
nur nie den Bodensatz des Teuflischen
im Göttertrunk der Welt, wo immer auch.

Entgöttlichung heißt Entpersönlichung,
also Weltvergewöhnlichung.

DIE BLUME DER DINGE

Die Blume der Dinge . . .
sie ist nicht zu essen –
sie ist nicht zu trinken –
sie ist nur zu – ahnen.
Die Blume der Dinge . .
Die Blume der Dinge . .
Wohl dem, der so stark ist,
daß – er – dies – nicht – fühlt . . .

Ich – ist der Mann.
Du – ist das Weib.
Wer dem nachsinnt,
versteht Gottseel und -leib.

Weißt du nicht, daß Liebe alles gibt
und in diesem «allem» keine Grenze,
keine *Möglichkeit* der Grenze kennt.

Ihr andern werdet sichrer immerdar.
Ich werde fragender von Jahr zu Jahr.

Von sich zurückzutreten wie ein Maler von seinem Bilde – wer das vermöchte!

Was ist Religion: Sich in alle Ewigkeit weiter und höher entwickeln wollen.

«Der Übermensch ist der Sinn der Erde» – das heißt: Der Erde Sinn ist ihr Untergang in – Höheres.

Alle werdet ihr mich verlassen, alle ...
Fremd, so werd ich euch werden, wie ein Frevler –
mehr noch, wie ein Tor, wie ein kranker Vogel,
den man stumm bedauert, geduldig hinnimmt ...
Alle werdet ihr mich verlassen, alle.

Ich hab beschlossen, Soldat zu sein
und will als solcher sterben.

Es soll des *Menschen* Bildnis wachsen
und alles andre gilt mir nichts.

RÜCKSCHAU

Sieh, darum war der Tod dir erst nach Jahren
gesetzt – damit du deinen Weg betrachtend
ihn wie von einem Gipfel liegen sähest.

Ein Duft und Schleier webt nun, wo du spähest,
verklärend jeden Tritt, den du gefahren,
und jeden falschen Schritt gelind umnachtend.

AN MEINE FREUNDE

O wäre mir die Macht verliehn,
euch in mein Reich hinaufzuziehn
durch Reden, wie's die Stunde schafft!
Doch ach, mein Wort ist ohne Kraft.
Ich kann vom Ewigen nicht sprechen,
noch minder stammeln, radebrechen,
ich kann nur immer bitten: Sucht
in meinem Werk! Dort liegt gebucht,
wovon ich nie euch zeugen kunnt,
dort pulst mein Blut, dort tönt mein Mund.

Mich zu verwechseln wird Unzähligen glücken,
ja selbst der beste Freund wird mich ver-kennen
bemüht er sich, mit Worten mich zu bannen.

Man kommt zu mir nur auf der Ahnung Brücken;
die wissen nichts von mir, die mich benennen,
die wissen nichts vom eigenen «Von wannen».

Wie *ich* euch schmecke, kümmert mich nicht viel.
Daß *ihr* euch schärfer schmecket, ist mein Ziel.

Nicht Mund! Nicht Herz! Ihr sollt (nur das tut not)
euch in mir *spiegeln!* Wär ich auch nur – Kot.

Einsam fahr ich auf der Erde
durch den Weltenraum dahin,
grüßt mich menschliche Geberde,
hat es doch nur halben Sinn.

AN MEINE TASCHENUHR

Du schlimme Uhr, du gehst mir viel zu schnell;
und doch – dich schauend, seh ich selber hell.
Unschuldig Räderwerk, was schelt ich dich?
Ich geh zu langsam, ach zu langsam – ich.

Zur Pflanze kehr ich immerdar zurück,
sie ist der Born, aus dem ich immer wieder tauche,
sie ist, so hart ich mich im Kampf um mich verbrauche,
mein unverlierbar Teil an Glück.

Ein Übermaß von Liebe wird mir «lohnen».
Ich aber hab euch alle – auch sehr geliebt.

Schwermütiger Dionysos! jetzt erst
wird mir die Schwere deiner Lieder ganz
zur Schwere meiner eignen. Tiefster Gott,
der du vom Ich und Du die Lehre lehrst,
die süße bittre, die ich an den Kranz
der Sterne hänge, selbst, nach einstigem Spott.

EINEM FREUND

Ich mach in hundert Tagen hundert Meilen,
du mußt nicht immer bei dem Alten weilen,
wovon ich kaum mehr weiß, wenn ich erwachte.
Du mußt nicht stets noch denken, was ich – *dachte.*

Sprich, was jagst du dahin, immer dem Glück, immer der
Stunde nach!
Wenn nichts anders, fällt tödliches Grauen, tödliche Öde
nicht hin und wieder dich an, siehst du der Welt ewig sich
gleiches Spiel?
War dies, was du geträumt, ahnenden Sturms heiliger
Jugend voll –

ENDURTEIL

Ein Vollendeter, ein Vollendeter!
spricht vielleicht der Menge Mund.
Ein Verschwendeter, ein Verschwendeter!
hallt's zurück aus Grabesgrund.

DICHTER

Wir reden unsre Not heraus. Wohlan.
Der Feinere – schweigt, ja zürnt. Doch, spürt er dann,
wie hier ein Mensch ihm tiefstes – Eignes zeigt,
so dankt er doch. Und zwar just, weil – *er* schweigt.

Was sinkt so scheu in dich,
denkst wenig oder viel?
Denk nichts, nur eins mein Ziel;
Ich wart auf – mich.

AN ELSE C.

Von den Seltenen bist du, die an mich glauben,
die mir helfen, ohne daß ich's ahne. –

DER PFAD

Am Anfang scheint ein grauser Ernst
den ganzen Weg zu überschatten,
bis daß du im Erklimmen lernst
dem Schrecken Freudigkeit zu gatten.

Ich bin ein Mensch und schlag mich selbst ans Kreuz.
Ich Mensch, den Gott in mir, der ich *nicht* bin.

Dem sinkt der Bogen aus der Hand,
der läßt die raschen Pfeile fallen,
der einmal vor des Lebens Wallen
mit aufgeschloßnem Auge stand.

Dummer Sonderstolz,
schwinde doch!
Bist am grünen Holz
ja nur Rinde doch.

Mag dir dies und das geschehn,
lerne still darüber stehn,
sieh dir selber schweigend zu,
bis das wilde Herz in Ruh,
bis, so fest, es, angeblickt,
sein gewahr wird – und erschrickt.

EINER DICHTERIN

Das Blut des Tieres,
von dem du issest:
nun spricht aus dir es
und du vergissest
des Geistes Flügel,
die in dir schlafen
und dünkst am Hügel
dich schon im Hafen.

Manchmal kann ich euch erkennen
als wie Flammen, welche brennen
voll verborgner Leidenschaft,
als wie Flammen, die sich recken
durch des Eintags Nebeldecken
mit verzehrerischer Kraft.

Kreuz und quer bin ich gereist,
mochte nirgends lange bleiben.
Einer Heimat zu, dem *Geist,*
tat's mich immer wierder treiben.

Früh schon sprach mein Schicksal zu mir:
Du sollst nicht dies und du sollst nicht das,
denn du würdest sonst nicht genug leiden.

Früh schon sprach mein Schicksal zu mir:
Dies sollst du, das, und das sollst du, das,
denn du würdest sonst nicht genug leiden.

O alle Güte, die im Leben wohnt,
komm, nimm mich ein – ich bin so gütelos,
taue herein in dieses Herzens Schoß,
das, ach zu oft, den Sonnen-Geist entthront . . .

REINKARNATION

Dies ist das Tor, durch das ich eingetreten
und alle Dinge wie verwandelt schaue.

Warte, warte tiefgeduldig
bis dir mehr Gewalt gegeben,
bist von früher her noch schuldig,
darfst noch nicht das Haupt erheben
als ein Schöpfer über vielen
und Gestalter ihrer Bahnen,
darfst nur erst noch Harfe spielen
und ein Reich der Zukunft ahnen.

ICH UND DU

Seltsam, daß erst nach Jahrzehnten
jeder traf den Herzersehnten!

Daß erst, als die Not am größten,
wir uns fanden und erlösten.

In deiner Liebe
hoff ich zu finden,
was überwinden
mich ein Getriebe
läßt von Dämonen,
die in mir wohnen.

AN RUDOLF STEINER

Du reiner Geist,
aus dessen starken Händen
ich meinen Sinn des Lebens neu empfing.

Wir, viele, mußten Finsternis erdulden,
auf daß das Licht in uns zum Adler würde,
wir mußten uns erst tief mit Welt durchschulden . . .

AN MEINE FREUNDE

Ich könnt euch bös sein, Freunde, daß ihr so
in sanftem Widerstand beharrt, mit Gründen
(wie Früchte, die nach außen prall und fest,
nach innen teigig sind),
die letztlich keine sind – wenn ich mir selbst,
mir selbst nicht noch ganz anders bös sein müßte,
daß ich euch, ich, nicht beßre Sehnsucht mache.

Was wärst du, Wind,
wenn du nicht Bäume hättest
zu durchbrausen;
was wärst du, Geist,
wenn du nicht Leiber hättest,
drin zu hausen!

All Leben will Widerstand.
All Licht will Trübe.
Alle Wehen will Stamm und Wand,
daß es sich dran übe.

Wer Lebendiges will verstehn,
muß ins Land des Todes gehn.

Was jetzt Sehnsucht ist, wird Wille,
was jetzt Wille, wird einst Kraft
nach der großen, reichen Stille.

Kraft, die das Gewollte schafft,
Wille, der aus diesem Schaffen
abermals uns weiter rafft.

O wie herrlich, einst sein Kleid
nach der Arbeit abzulgen
und sich eine kleine Zeit
dann in Geisterluft zu regen,
um in neuem Kleide dann,
neu zu stehen seinen Mann!

Niemanden hassen,
jeden belassen
in seinem Wesen,
in jedem lesen
die ewige Meinung,
das macht genesen
zum Allumfassen,
zur Allvereinung.

WASSER

Du wärest nicht,
wenn nicht Verzicht
in Götterreichen wäre.

WÄRME

Und wo man dein
gewahrt, tritt ein
der Geist in Opfersphäre.

AN EINE FLIEGE

«Du bist zu oft der wundersame Trost
von Eingekerkerten gewesen»,
so denk ich, wenn dein Treiben mich erbost.

VOR EINEM ZUR SCHLACHTBANK GEFÜHRTEN KALBE

Leben wird zu Tod geführt,
ohne daß das Herz sich rührt,
    Mensch!

Freilich, schlachtest noch dich selbst
wie du auch die Stirne wölbst,
    Christ!

Bis die Kreatur *dir* schreit,
o wie weit noch, o wie weit,
    Gott!

DER VIVISECTOR POST MORTEM

«Das also ward mir aufgespart!
Was ich getan, geschieht mir wieder . . .
O Licht, zu spät mir offenbart!
Ein Krampf zerreißt mir Haupt und Glieder.
Die Opfer nahn mir dichtgeschart
und ziehn in ihre Qual mich nieder. . .»

Wie war es nur möglich, im Auge unendliches All
im Schoße der Gottheit, ja selber der Gottheit ein Teil
so ganz zu vergessen des Ursprungs unsterblichen Stolz
so ganz zu verlieren den Adel der Geistesgeburt.
Wie konnte der selber aus nichts als Geheimnis, als nichts
denn wieder Geheimnis erblühete Mensch seinen Sinn
so niedrig-eintägig verdüstern, verbürgern.

Wie kann ich glücklich sein,
wenn du nicht glücklich bist,
du Welt voll Harm und Pein

(wie oft in Frost und Zwist
mein schwaches Herz auch dein
in deiner Not vergißt!)

Auf a folgt b, auf c folgt d –
so möchtst die Welt du deklinieren,
doch diese Welt, o weh, o weh,
sie geht derweil, bei Gott – spazieren.

Ihr werdet mit Dogmatikfuchsen
den Lauf der Welt nicht überluchsen;
sie ist, zu nichts für euch verpflichtet,
ein Buch von A bis Z – gedichtet.

Ja, die Natur! Dächtet ihr nur gebührlich!
Wär sie Natur, wenn nicht – über-natürlich?

AN EINEN FREUND

Grade du bedarfst
ständigen Mißlingens:
Denn dich machen deines Ringens
Siege stolz.

Alles ginge dir
leicht mit eins verloren,
wärst du nicht, zum Glück, geboren –
unglückhaft.

EIN JUNGER FREUND

Alles ist in ihm noch Seele,
fand noch nicht den Geistgebieter,
leicht beschwingte Philomele,
bald verweilt er, bald entflieht er.

Und so flattert er mit vielen,
und geduldig blüht der Garten,
doch sein Treiben ist ein Spielen
und die Götter warten ... warten ...

AN M. B.

Du bist der Zarteste der Zarten,
da sich in deiner Wesenheit
die Bürger zweier Welten paarten.

Dies sich Zerfasern und Zergliedern
wird leicht ein höherer Müßiggang,
durch den wir unsere Art erwidern.

Dies Äugeln auf sein liebes Ich,
dies Grübeln in sein winzig Wesen,
dies stete Wichtigtun mit sich:

Es läßt zu keiner Tat genesen.
Nur wer sich über sich aufschwang,
wird Sich in sich als Schöpfer lesen!

Über unsre Himmel hinweg
grüß ich euch
Brüder verjüngter Erde!

Du bist zu eng in dich gebannt,
verlerne dich, sieh ab von dir.
Stadt, werde Land!

Laß alles in dir untergehn
was Burg- und Bürgersinn.
Wo Erd und All zusammengehn,
da schaue hin.

Und dieses Einst wovon wir träumen,
es ist noch nirgends, als in unserm Geist; –
wir sind dies Einst, uns selbst vorangereist
im Geist, und winken uns von seinen Säumen,
wie wer sich selber winkt. –

Das Zwitschern eines Vogels ward ihm Rettung
aus innerlicher Hemmnisse Verkettung.
Er sank bei diesem Einen Lebens-Ton
ans Vaterherz wie ein verlorner Sohn.

Wehe, wehe,
ich reiße an euren Herzen,
wie man Glocken
an Strängen reißt.
Aber die Glocken
rühren sich nicht. –
Blutend die Finger,
blutend das Herz,
muß ich mich trollen ...

Was alles ist mir noch erblüht
nach einem Leben voll von Schuld!
Wie hat unendliche Geduld
sich fort und fort um mich bemüht!

Wie vieles wird zu jeder Frist verhütet –
bedachten wir schon einmal dies zu Ende?
wie viel geschieht nicht, was geschehen könnte!

Geduld, du ungeheures Wort!
Wer dich erlebt, wer dich begreift,
erlebt hinfort, begreift hinfort,
wie Gottheit schafft, wie Gottheit reift!

Ein Wort gibt es,
das ist ein Schlüssel
zu jeder Schöpfung:
Geduld.
Sinne dem nach,
und du wirst selbst
Schöpfern genähert.

Laß dies lauter Brücken sein
aus dem Alltag hergeschlagen
dich zum All-Tag hinzutragen.

II.

Das ist die ewige Jugend aller Welt,
daß sie mit jedem neu geboren wird.

Wer sich nicht selbst verspotten kann,
der ist fürwahr kein ernster Mann.

Armselige Kultur, die nur sich selbst bespiegelt,
und keiner Ferne Tore dir entriegelt.

Das ist ein Merkmal dieser Zeit:
schamlose Unbescheidenheit.
Man scheidet nicht mehr klein und groß,
man urteilt allen Wissens bloß.
Wie lernt sich schwer, was *denken* heißt,
doch *über*denkt man jeden Geist,
und sieht man ganz besonders «klar»,
so *über*windet man ihn gar.
Statt daß man sagt: So weit wie den
läßt mich mein Aug wohl nimmer sehn.
Wer so viel feinste Linsen schliff,
erwuchs zu höhrem Weltbegriff.

SEI URSPRÜNGLICH

Laß dir nie den Mut verwirren:
ich *kann* schaffen, ich *darf* schaffen!
Laß dich durch die ewigen Affen
der Vergangenheit nicht irren!

Und wir schaun zurück zusammen
auf die Welt, samt ihrem Schelten,
und anstatt sie zu verdammen,
lassen wir sie gehn und gelten.

«Trostlos?» Das Wort ist mir entschwunden,
seitdem ich Mich in mir gefunden.

Vergänglichkeit! Wort, das Gott-Welt enthüllt.
Wer dürfte dauern, den ein Ziel erfüllt?

Wie vieles bleibt, bedenkt man's ehrlich, wichtig,
wie vieles wird dem Wahren leer und nichtig.

VOR DEM HERRLICHEN SONNENUNTERGANG

Und doch ist Schönes schön nur mitgeteilt.
Erblicke *mit* mir dieses hehre Wesen.
Mein Staunen, erst in deinem Blick gelesen,
wird Freude, die mein ganzes Herz ereilt.

Das ist das Verwerfliche eurer Strafen,
daß es die Trauer in uns ertötet,
die zehrende Trauer, die uns nicht schlafen
läßt, daß ein Bruder die Hand gerötet.

Da liegt er nun im eisernen Netz ...
Und *wir?* Bedauern, vielleicht; doch kein Gram,
kein Wille hinauf, keine Not, Liebe, Scham!
Zerbrecht mir, Menschen, solche Gesetze!

Gütig ist die schönste Form von gut,
so wie warm vielleicht die schönste Form von licht.
«Jenseits von gut» – so spricht wohl kühner Mut,
jenseits von gütig, nicht.

Lasset uns einander lieben,
und da heißt es auch einander hassen;
nur wenn wir uns streng ins Auge fassen,
wird der finstre Wahnsinn einst uns lassen,
der uns auseinander einst getrieben.

Übnug ist alles, und insofern ist Genie Charakter.

Wohl eignen Jammers Furchtbarkeit empfindest du,
doch fühlst du auch die Furchtbarkeit der Welt?

Zucht ist das Wort, in dem der neue Mensch sich findet.

THEATER

Wie hat man oft im tiefsten Mark
gefühlt: Nein, nein und aber nein!
Aber das Leben ist so stark,
es reißt uns immer wieder hinein.

Lachen und Lächeln sind Tor und Pforte, durch die viel Gutes in den Menschen hineinhuschen kann.

Beim Menschen ist kein Ding unmöglich im Schlimmen wie im Guten.

Was ist Religion: Sich in alle Ewigkeit weiter und höher entwickeln wollen.

Dem Steigenden werden Gärten der Schönheit Wüsten der Unbedeutendheit.

Alles Festlegen verarmt.

Enthusiasmus ist das schönste Wort der Erde.

Wer die Welt zu sehr liebt, kommt nicht dazu, über sie nachzudenken; wer sie zu wenig liebt, kann nicht gründlich genug über sie denken.

Nichts ist mir mehr verhaßt als Feierlichkeit ohne Tiefe. Alles Pathos ist verdächtig.

Wer sich überhebt, verrät, daß er noch nicht genug nachgedacht hat.

Ein rechter Künstler schildert nie, um zu gefallen, sondern um zu – *zeigen.*

«Die Welt!» Was soll das Angstgestöhn!
Wollt sie schön, so ist sie schön!
Im Schoß der Dinge liegt kein Schmerz.
Ihr seid die All- und Eingestalt,
Millionen ihr, millionenfalt.
Mit eurem Blut, wenns steigt, wenns fällt,
steigt, fällt zugleich die ganze Welt ...

Einen Tempel bauen mit der Aufschrift: Dem heroischen Leiden.

Zukunft! – un-er-schöpfliches Wort! O Lust zu leben! O Lust, zu – – sterben!

Wohin können wir denn sterben, wenn nicht in immer höheres, größeres – Leben hinein!

Wo bist du geblieben?
Wir glaubten und hofften,
du wolltest uns lieben –.

Geduldig, geduldig!
Ich bleib euch das Leben,
die Liebe nicht schuldig.

Wer sich selber treu bleiben will, kann nicht immer andern treu bleiben.

ALLEM GERMANISCHEN WESEN

Im Eignen bleib mir stark und klar
und schaff, daß Wodans Esche sprießt,
die ihre Kraft um Christum schließt, –
und laß dem Fremden, was des Fremden war.

Wenn du den Weg zur Tiefe gehst,
wer folgt dir nach? du gehst allein.
Wenn du der Mütter Rat erflehst,
besteh die Furcht! Du flehst allein!
Wenn heil du wieder oben stehst,
da klatscht man. Doch du stehst allein.

Ohne Streben kein Erfolg, ohne Feuer kein Brand.

So spricht die edle Rasse: Ich tue dies und das,
weil ich es mir schuldig bin.

Wie? Wolltest du dir selbst zuwiderhandeln,
Du Gott aus Gott? und Todeswege wandeln?

Du hast's gewollt von Urbeginn. So trage
denn hohen Hauptes jeden deiner Tage.

Gott selber hat der Welt sich vorentschieden.
So *lebe* denn! Mit Dir und Ihm in Frieden.

Und wäre Folie nur solch Gotteslos:
Getröste dich! Du deutetest dich *groß*.

A. Was, was ist's, was den Menschen vom Christus trennt;
Sagen Sie mir das, können Sie mir das sagen?
B. Ja, das kann ich. Der *Philister* in ihm.

Frömmigkeit der Nacht,
segne mir die Schwelle,
der mich Himmelshelle
nun entschwinden macht.

Dem ist Unsterblichkeit verbrieft,
dem Werke, das mich nicht nur *stimmt,*
mich nicht allein gefangen nimmt,
dem Werk, das mein *Gefühl vertieft.*

Der Welt Schlüssel heißt Demut. Ohne ihn ist alles Klopfen, Horchen, Spähen umsonst.

Der Nenner, auf den heut fast alles gebracht wird, ist Egoismus, noch nicht – Liebe.

Es gibt für Unzählige nur Ein Heilmittel – die Katastrophe.

Der Geist baut das Luftschiff, die Liebe aber macht gen Himmel fahren.

Ein Dichter muß 77mal als Mensch gestorben sein,
ehe er als Dichter etwas wert ist.

Wir wollen nicht antik und nicht modern sein.
Wir wollen *deutsch* in unserm tiefsten Kern sein.

Nichts als Gedankenflachheit soll uns fern sein
und Volks- und Menschheitsglück uns Ziel und Stern sein!

Kunstwerk der einzelne, Kunstwerk sein Volk,
Kunstwerk die ganze Erde – das ist das Ziel.

Aus der ach so karg gefüllten Schale unsres Herzens
laßt uns Liebe schöpfen, wo nur immer einer Seele
Schale leer steht und nach Liebe dürstet.

Nicht versiegen drum wird unsre Schale,
steigen wird die so geschöpfte Flut, nicht fallen,
Fülle wird das Los des so verschwenderischen Herzens.

Wunder-volle Tage seh ich nahn,
wo die Menschen,
ahnungsvoll bewußt,
ihres wahren Sinnes Glück empfahn.

Jeder, trägt, so fühlt ich schon als Knabe,
um sein Haupt ein unsichtbares Glänzen –

Dunkel von schweigenden Bergen umschlossen,
vergessen die Welt wie ein Puppenspiel,
nebelumflossen, regenumgossen,
doch in der Brust ein leuchtendes Ziel.

Wach auf! «dein Ziel ist in Gefahr».
Du gabst in bunten Träumerei'n
der Einsamkeit, was ihrer war –
nun gib dem Leben auch, was sein.

Meßkunst wird und Forscherlust
einst noch Gras und Baum befragen:
und der Wissenschaft wird tagen,
was der Weisheit längst bewußt.

Leben ist Licht auf trübem Mittel, sieh.
Das trübe Mittel wirft es erst zurück
als farbige Erscheinung. Im Un-Reinen erst
bricht spielend sich die Gottheit und wird – Gott.

Vom Fleißigen ist immer viel zu lernen,
doch zu beseligen vermag nur Größe.

Die großen Worte sind die Horte
des Nichtpersönlichen in dir,
wir halten sie für *unsre* Worte
und unsre Dichtung wird – Papier.

Alles heilt der Entschluß.

Wir kommen so durch manche Schichten
von Menschen, wenn wir höher trachten.
Und das Ergebnis all der Sichten:
Lieben und Verachten.
Oder – um keinen zu richten:
lieben und verzichten.

Die wir die Welt zum zweiten Male dichten,
wir lernen früh und gern auf viel verzichten.

Das dank ich Euch, ihr glücklichen Geschlechter,
aus denen ich mir Blut und Namen schreibe,
daß ich im Lebenswirrsal sicher bleibe:
Humor, den Weltumfasser, Weltverächter.

Es gibt auch eine Freude, die nie lacht,
die nie ein Zeichen gibt aus ihrer – Nacht.
Die so tief liegt, daß sie kein Aug ermißt,
und die in allem Schmerz doch Freude ist.

Ja, du mit deiner Mäßigung
mit deiner salbungsvollen,
du liebtest nie, du warst nie jung,
du hast nie *schaffen* wollen.

Wie süß ist alles erste Kennenlernen!
Du lebst so lange nur, als du entdeckst.
Doch sei getrost: unendlich ist der Text,
und seine Melodie gesetzt aus – Sternen.

Der kann von Liebe nicht reden,
dem sie nimmer Verlust und Gewinn war –
dem sie nie irgendwann der Sinn war
von allem und jedem.

GOETHE

I

Wer je des Menschen Sinn vergaß,
den lehre dieses Menschenlos.
Nie wies ein Mensch so sehr des Menschen Maß
und war in diesem Maß so tief und groß.

II

Du konntest mitten in die Sonne schauen.
Dein unverhülltes Auge durfte sich
dem Auge Gottes ahnungsvoll vertrauen.

So hoch erhob der Weltenschöpfer dich,
daß, was die Lider streng sonst niederwendet,
in dir der Kraft des Augen-Aufschlags wich,
und du, selbst Schöpfer, vor Ihm standest – ungeblendet.

Kinder, Tiere, Pflanzen,
da liegt die Welt noch im Ganzen.

AN DES DICHTERS ANDERE HÄLFTE, DEN LESER

I

Wie wenn der Wind von fernen Dingen singt,
heut magst du ihn verstehn und morgen nicht, –
so wehen unsere kargen Worte dir
des Lebens unbestimmten Duft hinüber.

Und heute schwillt dein Herz in Ahnung mit
und unser Werk wird ihm von neuem Welt,
und morgen stehst du fremd und kalt vielleicht
und vor dir liegt ein totes, stummes Lied.

II

War mir selten dein bewußt
während ich geschrieben.
Reine tiefe Bildnerkunst
hat mich stets getrieben.

Dieses ewige pro domo reden –
wie entbehrt es jeder Scham,
und wie sagt es klar für jeden,
wie die Macht herunterkam.

Das geht an dich und mich und jeden:
Mehr sein, weniger reden,
weniger sagen, fragen, klagen,
mehr die Wärme nach innen schlagen.
Unsere Zungen in Züchten halten,
nicht immer die ewig alten
Sätze und Plätze wiederkäuen,
Phrasen und Fratzen in allem scheuen,
langsam prüfen, sich gern bescheiden,
alles schnelle Vorurteil meiden,
uns genügen im Unentbehrlichen,
uns vereinfachen, uns verherrlichen,
eins vom Kindes- zum Greisenleben:
weise, weise zu werden streben.

ΓΝΩΘΙ ΣΕΑΥΤΟΝ

Kein Brunnen ist so tief wie du;
und schöpfst du aus dich bis zum Grund,
so wird dir mehr vom Menschen kund,
als trüg dich Ahasveri Schuh.

Ich mag es nicht, dies selbstverliebte Wesen,
dies Selbstanpreisen und dies Selbstausbeuten.
Genug, man ist ein einziger gewesen;
wer es nicht fühlt, dem wird man es nicht deuten.

Gewiß, es heißt, nur Lumpe sind bescheiden;
doch wär's nicht besser, wenn wir Lumpen wären,
als ewig so uns selber zu verklären
und unsern Durst nach Macht in Geist zu kleiden?

Und seh ich schon in Kindes Spiel den Funken,
wie es nur stets sich selbst als mehr erfände,
so weiß ich nicht, was mehr den Menschen schände,
als dieses stete mit sich selber Prunken.

IM ZOOLOGISCHEN GARTEN

Der Seehund sah mich aus Augen an,
daß ich ihn nicht vergessen kann
so menschlich war sein Blicken –.

Ich fühlte traurig: Halbbruder Tier,
kein Wörtchen Liebe kann ich dir,
nur höchstens – Fische schicken.

Wer still spaziert im eignen Garten
mag zehn, mag zwanzig Jahre warten,
ob draußen in der Menschen Kreis
ein andrer wirklich von ihm weiß.

STRAND-VERSE

Beschämt euch nicht an solchem Strand
des Tieres herrliche Vollendung?
Zwar seid ihr Wesen mit Verstand, –
doch hier, hier endigt eure Sendung.

Den Schiffer prägt sein Leben,
er ward aus einem Guß;
der Städter wirkt daneben
wie ein homunculus.

Der Übermensch ist schon kopiert,
wenn man das Dutzend nur chokiert.

Und suchst du einen Zeitvertreib,
so bist du auch schon Überweib.

AN –

Was mußt du denn nur immer «lachen»?
Es ist sehr trefflich, daß du lachst,
jedoch erlaß uns, was du machst,
im selben Atem mitzumachen.
(Mein Gott, man ist bald so, bald so
und meistens lacht man anderswo.)

Unmöglich ist's, die Menge zu belehren,
sie spottet dein und deiner Liebespredigt.

«Was tut's? wär jede Müh so leicht erledigt,
wärs ja ein Luxus, daß wir Menschen wären.»

Wie ward ich oft gebrochen, brach mich selbst
und dennoch *leb* ich, unverwüstlich stark.
Was alles liegt in mir geknickt, verdorrt,
doch unaufhaltsam *wächst* es drüber hin.

Du magst dich drehn und wenden wie du willst,
du wirst erkannt und das ist dein Gericht,
und wenn nur einer dich erkennt, – genug.
So mancher sieht sich vor sein Leben lang,
verwischt die Spur, verschleiert Wort und Blick,
allein, du bist nur immer Einer, Mensch,
dein Kleines liegt nicht hier, dein Großes dort,
und wie sich's mischt – auch ohne, daß du's weißt,
so bist du und so wirst du einst erkannt.

Was du andern zufügst, das fügst du dir zu.

Der moderne Mensch «läuft» zu leicht «heiß».
Ihm fehlt zu sehr das Öl der Liebe.

Alles Große macht sterben und auferstehn.

Jede gründliche Erfahrung muß mit eigenem Leben bezahlt werden – und fremdem.

Wir stehen nicht am Ende, sondern am Anfang des Christentums.

Es ist der Schritt, der erobert. «En marche» ist – eines der schönsten Worte der Welt.

Die Meisten wissen gar nicht, was sie für ein Tempo haben könnten, wenn sie sich nur einmal den Schlaf aus den Augen rieben.

Geschändet habt ihr uns durch euer Leben
und unser Erbteil ist nur bittre Scham.
Wir danken euch für nichts, was ihr gegeben,
weil euer Herz es einem Bessern nahm.

Und mögen *uns* einst *unsre* Söhne richten,
wie euch vor diesem stummen Kläger wir,
sofern wir unsern höchsten Menschenpflichten
so taub und tot geblieben sind wie ihr.

Wer kennte nicht das Werden der Phantome
aus einem Ärger, einer dunklen Stunde?
Und wie er sie verwünscht mit herbem Munde

und wie sich wehrt vor ihrem wilden Strome,
der auf ihn eindringt und ihn höhnisch peinigt ...
Bis er sich endlich übermenschlich reinigt,

indem er sie im Geist ergreift, die Geister,
und sie erwürgt, wie Herakles die Schlangen;
nun endlich wieder ihrer Herr und Meister.

Dieweil dein Geist die Welt verschmäht,
blieb deine Seele doch ein Weib
und harrt und horcht, und äugt und späht
nach jenem besseren Zeitvertreib
als selbst ihn des Prometheus Flamme
dem Schnäbeln deiner Sinnen-Brut
zu schaffen weiß, nach jener Amme,
die allen Fünf Genüge tut.

MONOLOG EINES –

Ich schaue rückwärts auf drei Jahre Leben,
in denen ich noch nicht drei Mark
für meine Seele ausgegeben.
Das Buch, das (nur zehn Bogen stark)
von meinem Freunde mir empfohlen,
ich wollt es mir zwar immer holen,
doch war's mir stets um fünfzig Pfennig
zu teuer. Und mein Trost war: wenn ich
es dieses Mal nicht lese, nun,
so werd ich's wohl das nächste Mal
in meinem nächsten Dasein tun.

Das nennt ihr große Kunst?
Ich nenn es – große Brunst.

Mit tausend Sinnen
abzugewinnen,
was jedes Raum- und Zeitatom enthält!
Der größte Finder
ist noch ein Blinder
in all dem Reichtum dieser Welt.

GRABSCHRIFTEN

DER PHILOSOPH EINEM SCHURKEN

I

Er war ein Schuft. Warum es nicht bekennen?
Wir haben ihm so wenig zu verzeihn
wie jenen zu erhöhn, den Held wir nennen.
Ein jeder war nur, der er mußte sein.

DER LIEBENDE SEINEM MÄDCHEN

II

Leb wohl! Du warst für mich der Sinn der Welt.
Ich sprach sie heilig, weil sie Dich geboren.
Ihr ganzer Wert war nur auf Dich gestellt
und ist mit Dir für immer nun verloren.

DER LEBEMEISTER

III

Er war ein Lebemeister,
er war der Freien Freister,
selbst vor sich selber frei,
und doch so wohl geboren,
daß er sich nicht verloren
an Wahn und Narretei.

«ER WAR EIN BÄCKER»

IV

Wenn einst der schwarze Ochse «Tod»
das Blümlein frißt, das meinen Namen
im bunten Beet des Lebens trägt,
dann schreibt in meinen Grabstein-Rahmen:
Er war ein Bäcker; doch sein Brot,
das heut die Konkurrenten schlägt,
war gestern noch zu frisch den Zarten.
(Man weiß, daß sich schon manche Damen
an warmem Backwerk übernahmen.)
Der Bäcker war zu stolz zu warten.
Er schloß Geschäft und Leben. Amen.

Es lebe das gefährliche Spiel
mit feindlichen Gewalten.
Groß der Einsatz, groß das Ziel –
also laßt's uns halten.

Du bist kein Christ. Nun gut. Wer kanns dir wehren.
Nur eines: schweige, birgs in stiller Brust,
und störe nicht der Frommen heilige Lust,
die eine Gottheit demutsvoll verehren.

Oh ihr kleinmütig Volk, die ihr vom Heute
nicht loskommt, die ihr meint: so ist es, war es
und wird es sein, so lange Menschen leben –.

Oh würdet ihr doch andrer Hoffnung Beute,
und lerntet wieder schauen Offenbares
und Hirn und Herz zu höchstem Ziel erheben!

Inmitten dessen, was als unser Denken
zumeist ohn' unser Zutun uns durchflüchtet,
beschloß er, sich gesammelt zu versenken

in einen unvermittelt frei gewählten
Gedanken, daß sich ihm, so streng gezüchtet,
des Geistes reine Schaffenskräfte stählten.

Solange wir nicht ruhevoll-gelassen
des Lebens Glück und Ungemach ertragen,
solange werden wir die Welt nicht fassen.

Wir müssen ohne Lieben, ohne Hassen
so Leid wie Lust nach ihrem Sinne fragen;
nur dann vermag uns Gott Sein Wort zu sagen,
nur so wird Sinnestrug zu Schein verblassen.

Verlange nichts von irgendwem,
laß jedermann sein Wesen,
du bist von irgendwelcher Fem
zum Richter nicht erlesen.

Tu still dein Werk und gib der Welt
allein von deinem Frieden,
und hab dein Sach auf nichts gestellt
und niemanden hienieden.

Oh wie gerne lern ich Milde,
liebes Herz, von deinem Munde,
folge dir in stillem Bunde
in geläuterte Gefilde!

Und wir schaun zurück zusammen
auf die Welt, samt ihrem Schelten,
und anstatt sie zu verdammen,
lassen wir sie gehn und gelten.

NACHWORT DES HERAUSGEBERS

Die *Epigramme und Sprüche* erschienen, aus dem Nachlaß des Dichters, erstmals im Jahre 1920. Wir bringen sie, in chronologischer Folge, nach jener ersten Ausgabe – soweit sie nicht schon in früheren Bänden erschienen waren –, ergänzt durch eine zweite Abteilung ohne Jahresangaben, aus späteren Veröffentlichungen.

Auch an diesen Dichtungen ist Morgensterns Lebens- und Entwicklungsweg deutlich abzulesen. Dieser Anti-Philister kennt und durchschaut seine Zeit mit ihrer Bierdunst-Bildung, ihrer ästhetischen Schönrederei und ihren «religiösen» Verlogenheiten. In der Schärfe und Prägnanz dieser Sprüche offenbart sich eine ganz wesentliche Seite Morgensterns: seine illusionslose Klarsicht. Die außerordentliche Intelligenzkraft, die sich hier ausspricht, in späteren Jahren nur durch Zurückhaltung und Vertiefung sich nicht mehr so direkt äußernd, ist bei der Beurteilung dieses Dichters nicht immer richtig erkannt worden. Seine Liebe zu *Nietzsche,* der jahrelang sein Leitstern war, die intime Begegnung mit *Henrik Ibsen,* durch die Übersetzung bedeutender Werke dieses Dichters ins Deutsche, seine intensiven Studien zeitgenössischer Literatur und Philosophie (siehe die «Briefe» Morgensterns) hatten ihm eine Wachheit und Helligkeit des Bewußtseins, eine Selbständigkeit des Urteils entwickelt, mit der er auch, fünf Jahre vor seinem frühen Tode (am 31. März 1914, kurz vor Vollendung seines 42. Lebensjahres) kritisch und besonnen die Anthroposophie *Rudolf Steiners* zu prüfen vermochte und sie dann als Erfüllung seines geistigen Suchens bezeichnen konnte.

Ein Wort seines Lebensfreundes *Friedrich Kaysslers,* kann gerade aus diesen Epigrammen und Spruchweisheiten seine Bestätigung finden: «Klarheit suchte er immer und hatte sie immer um sich.» Wenn *Albert Soergel* von Morgenstern als von «einem der wenigen ganz reinen Menschen, einem tiefreligiösen Sucher, den Christusgläubigen einer ungläubigen Zeit, ein mahnendes Gewissen in tauben, leeren Tagen» spricht, (in «Dichtung und Dichter der Zeit»), so muß beachtet werden, daß der Spruch «Aus Religion» auch von Morgenstern stammt:

> Wir treiben mit Gefühlen Spott
> um *höhere* Gefühle,
> zerbrechen wollen wir euch und «Gott»
> die angemaßten Stühle.
>
> (Bd. 3 dieser Ausgabe)

sowie: «Ich bin ein Mensch, der auf sein Tor schreibt: Der Mann hier folgt nicht, front nicht, glaubt nicht» (S. 38), will er doch «im Guten und Bösen, recht viele Menschen zur Freiheit erlösen» (S. 93). Und das schon vor der Begegnung mit Rudolf Steiner, dem Verfasser einer «Philosophie der Freiheit», die Morgenstern dann als der zeitgemäßeste Zugang zum Christentum erschien. Um einen «Christusgläubigen» im hergebrachten Sinne kann es sich also bei ihm ganz und gar nicht handeln, vielmehr um einen Christus-Erkenner, einen Christus-Erleber, der in keinem Augenblick die eigenständige Intelligenz- und Urteilskraft aufgibt, um schließlich im Sinne der Geisteswissenschaft Rudolf Steiners zu sagen: «Was ist Religion: Sich in alle Ewigkeit weiter und höher entwickeln wollen.» (S. 150.)

Heinrich O. Proskauer

Alphabetisches Verzeichnis der Titel und Anfänge der Epigramme und Sprüche

Ad «Galgenlieder» usw. 37
Allem germanischen Wesen 153
Alles Festlegen verarmt 150
Alles Große macht sterben und auferstehn 168
Alles heilt der Entschluß 159
Alles ist in ihm noch Seele 137
Alles ist von Wichtigkeit 91
Alle werdet ihr mich verlassen 118
Als Gott den preußischen Mann erschuf 48
Als ob das zarte Blutgespinst 14
Am Anfang scheint ein grauser Ernst 125
An – 32/80
An Cathrine R. 29
An Chr. Günther 104
An den abgeschiedenen Genius meiner Mutter 16
An den Bürger 70
An den Sklaven Michelangelos 43
An der Spree 26
An des Dichters andere Hälfte, den Leser 162
An Deutschland 47
An die Schuld 109
An die van der Veldes in allen Künsten 77
An die Viivisektoren 84
An ein chinesisches Teekännchen 102
An ein Mädchen 30
An eine Fliege 134
An einen Freund 137
An einen jungen Priester 33
An Else C. 124
An jeden, den's angeht 96
An M-A 111
An M.B. 138
An meine Freunde 120/131
An meine Taschenuhr 121

Annunzio 45
An Rudolf Steiner 130
Antisemit? Philosemit? 22
Antisemiten 28
Arithmetische Progression 28
Armselige Kultur, die nur sich selbst bespiegelt 145
Auch ihr könnt euch «befreien» 50
Auf a folgt b, auf c folgt d 136
Auf einen ernsten Gelehrten 112
Auf einen Heimgegangenen 103
Auf einen zu eleganten Priester 98
Auf Erfolg reimt sich Volk 48
Auf euren ganzen Kleinkram lach ich 15
Auf Juden hör ich immer gerne 63
Aufschrift für einen Orden 85
Aus Blut und aber Blut erblüht die Rose 92
Aus der ach so karg gefüllten Schale unsres Herzens . . . 156
Aus der Erde wachse die Kunst, wie die Ähre zu wiegen . 83
Aus mir kam mir mein Erlebnis 108

Bau mir ein Luftschloß 82
Baust du dir ein eigen Haus 24
Beamte 87
Bei einer erneuten Lektüre der Morgenröte 77
Behaupte dich, sonst gedeihst du nimmer 21
Beim Menschen ist kein Ding unmöglich 149
Bekanntschaft 55
Beschämt euch nicht an solchem Strand 166
Bescheidenheit ist ein Leiden 59
Bin ich dir Symbol der Helligkeit? 55
Bist du auch kein Kunstwerk noch 102
Buchschmuck 76/99

Cand. Impond. 112
Chiffernschrift des Geistes 113

Dachstuben-Stimmung 15
Da gleicht mich der und jener Goethe 22

Das also ward mir aufgespart! 135
Das Blut des Tieres, von dem du issest 127
Das brennt und bricht durch alle Zeit 93
Das dank ich Euch, ihr glücklichen Geschlechter 159
Das geht an dich und mich und jeden 163
Das ist das Arge: Ter–mi–no–lo–gie 99
Das ist das Verwerfliche eurer Strafen 147
Das ist die ewige Jugend aller Welt 145
Das ist die Liebe, die um Heimat wirbt 72
Das ist ein Merkmal dieser Zeit 145
Das ist fürwahr ein artig Bild 100
Das ist's ja: Wenn der Mann so weit gediehen 23
Das Leben ist kein eitel Spiel 41
Das macht, daß jeder nur gern lebt 53
Das Mittelmäßige reißt uns herab 74
Das nennt ihr große Kunst? 171
Daß du dein Verlangen stillst 19
Daß einer immerdar vom andern lerne 115
Daß er so wenig weiß und kann 18
Das Zwitschern eines Vogels ward ihm Rettung 140
Dein Schädel ist eine Hütte klein 68
Dem Gewimmel der Registratoren 73
Dem ist Unsterblichkeit verbrieft 155
Dem Schaffenden 44
Dem sinkt der Bogen aus der Hand 125
Dem Steigenden werden Gärten der Schönheit Wüsten . . 150
Den Abstrakten 99
Den Gesellschaftsnarren 38
Den Schädel hebt mir auf! Den Leib verbrennt! 43
Den Schiffer prägt sein Leben 166
Den Schustern 50
Den Tag im Hausbuch rot gemacht 64
Der Ahnen wilde Streitbegier 10
Der Buchschmuck 76
Der, dessen ganzer Zug zum Interessanten nur 39
Der Dichter soll, was sein, betreiben 89
Der Freiheit höchste Freuden winken! 10
Der Geist baut das Luftschiff 155

Der Gelehrte und Goethe 31
Der Ikaride 44
Der Jüngling schwörte es und der Mann vergißt es . . . 30
Der Kaffee-Literat 12
Der kann von Liebe nicht reden 160
Der Künstler 65
Der Kunst Geheimnis hältst du bald am Kragen 83
Der Lebemeister 173
Der Liebende seinem Mädchen 172
Der Mensch ein chemischer Prozeß 90
Der, mit dem du sprichst, ist immer der Weise 53
Der mittelmäßige Übersetzer rechtfertigt sich 62
Der moderne Mensch «läuft» zu leicht «heiß» 168
Der Monist 19
Der Moralist ward Herr 89
Der Nenner, auf den heut fast alles gebracht wird . . . 155
Der Pfad 125
Der Philosoph einem Schurken 172
Der Schreiner 50
Der Schwärmer schwimmend Augenblau 20
Der Seehund sah mich aus Augen an 165
Der Segler 25
Derselbe Zirkel, sollt ich meinen 31
Der sparsame Dichter 35
Der Staat focht wider die Chinesen 49
Der Übermensch ist schon kopiert 166
Der Vivisector post mortem 135
Der Welt Schlüssel heißt Demut 155
Der Zeitungsleser 74
Des Juden Freisinn raubt Gewicht 45
Des Schnörkels Welt langweilte sich zu Tode 76
Des sei dir, Lieber, stets bewußt 36
«Det frie Norge», «die freie Schweiz» 49
Dich selber nach dir selbst 13
Dichter 124
Dichterbekanntschaft 46
Die Ästhetischen 36
Die alten Tempel brachen sie zu Rom 90

Die beiden Denker 69
Die Blume der Dinge 117
Die Blume der Dinge ... sie ist nicht zu essen 117
Die Dame 88
Die großen Worte sind die Horte 158
Die meisten wissen gar nicht 169
Die Motte stürzt verfolgt vom Gotte 67
Die Schönheit, deren Herz nicht Wahrheit heißt, ist tot . 57
Diese Gelehrten! 87
Dieses ewige pro domo reden 163
Dies habe, lieber Nasenstüber, der du mich meistern willst, recht acht 112
Dies ist das Tor, durch das ich eingetreten 129
Dies ist mir oft ein dumpfer Schmerz 15
Dies seine Art in allem wiederfinden 62
Dies sich Zerfasern und Zergliedern 138
Dies sollt ihr endlich lernen 114
Die Überzeugten 95
«Die Welt!» Was soll das Angstgestöhn! 151
Die wir die Welt zum zweiten Male dichten 159
Die Zeit ist nah, sich zu erfüllen 46
Dieweil dein Geist die Welt verschmäht 170
Dir dank ich, Schuld, was ich ward 109
Dort hinter Tafeln ruht ihr Staub in Schalen 78
Du bist der Zarteste der Zarten 138
Du bist ein Herz, himmlischer Liebe fähig 111
Du bist kein Christ 174
Du bist so oft bei mir in meinen Träumen 80
Du bist von jenen feinen Leserinnen 29
Du bist zu eng in dich gebannt 139
Du bist zu oft der wundersame Trost 134
Du eines Riesenplanes edler Rest! 43
Du kannst keinen Großen mehr ruhig verehren 100
Du konntest mitten in die Sonne schauen 161
Du lachst des Frühlings, der den Esel plagt 61
Du liebe Mutter- und Vaterstadt 26
Du magst dich drehn und wenden wie du willst 168
Du magst mich schlagen, wenn's dich freuen kann . . . 66

Dummer Sonderstolz, verschwinde doch! 126
Du mußt, mein lieber Freund, erst einmal Narr werden . 97
Dunkel von schweigenden Bergen umschlossen 157
Du reiner Geist 130
Du schlimme Uhr, du gehst mir viel zu schnell 121
Du spielst dein Leben lang den Renaissanceler 32
Du treibst es wohl wie jener junge Hund 54
Du Volk 71
Du Volk um mich, versunken tief, in deinem Meer . . . 71
Du wärest nicht, wenn nicht Verzicht in Götterreichen wäre 133

Ego, in summa 25
Ehrgeiz des Sorgenreicheren 94
ΕΙΣ ΕΑΥΤΟΝ 18
Ein armer Mann – der nicht sein selber lachen kann . . . 9
Ein Dichter 101
Ein Dichter muß 77mal als Mensch gestorben sein . . . 156
Eine Hütte, mich, ein Mädchen, Ruhe vor der Welt . . . 81
Eine Stimme spricht mir zu 78
Einem Freund 123
Einem jungen Mädchen 21
Einem Ungezogenen 54
Einen Tempel bauen 152
Einer Dichterin 127
Einer jungen Lehrerin 21
Ein Felsplateau gewann ich doch 109
Ein jeder soll den Weg des andern achten 40
Ein junger Freund 137
Ein Lied wird vorgesungen 52
Ein Mädchen 78
Ein Paar Zeitungen 28
Ein rechter Künstler schildert nie, um zu gefallen . . . 151
Ein Rezensent an den Dichter 89
Einsam fahr ich auf der Erde 121
Einst wird finden die Historie, dieser Kaffee barg Zichorie 65
Ein Übermaß von Liebe wird mir «lohnen» 122
Ein Verallgemeinern ist oft ein Verkleinern 93
Ein Vollendeter, ein Vollendeter! 123

Ein Wort gibt es, das ist ein Schlüssel zu jeder Schöpfung . 141
Endurteil 123
Entgöttlichung heißt Entpersönlichung 116
Enthusiasmus ist das schönste Wort der Erde 150
Er besiegt dich im Florettspiel 101
Erdnacht ist schwer und dunkel, Weltnacht nicht . . . 91
Er ging in den großen Nebel hinein 103
Er konnte nie über etwas lachen 28
Er trinkt zu viel 44
«Er war ein Bäcker» 173
Er war ein Kandidat des Unwägbaren 112
Er war ein Lebemeister 173
Er war ein Pantoffel und stank am Ofen 56
Er war ein Schuft 172
Eselgeschrei 61
Es gibt auch eine Freude, die nie lacht, die nie ein Zeichen gibt aus ihrer – Nacht 160
Es gibt ein ganzes Heer von Dingen 32
Es gibt für Unzählige nur Ein Heilmittel – die Katastrophe 155
Es gibt Menschen, die so groß sind 54
Es gibt Unterschiede und soll sie geben 57
Es ist der Maßstab, der den Rang bestimmt 75
Es ist der Mensch ein wunderlich Gericht 92
Es ist der Schritt, der erobert 169
Es läßt sich nun einmal nicht mehr vereinigen 52
Es lebe das gefährliche Spiel 174
Es soll des Menschen Bildnis wachsen 119
«Es war von jeher Brauch, also – üben wir's auch» . . . 86
Es wirft die Linie sich herum, als sähe sie ins Publikum . . 77
Etwas sagen, hat wenig Sinn 97

Frage ohne Antwort 54
Frömmigkeit der Nacht, segne mir die Schwelle 154
Früh schon sprach mein Schicksal zu mir 128
Fünfzig Jahre hoff ich heiter mich durch diese Welt zu dichten 14
Für Christian Friedrich 29
Furchtbarer Wuchs durch Jahresreihn empor 82

Geduld, du ungeheures Wort! 141
Gegen Dummheit 85
Gelehrtenart 87
Gerechtigkeit – ein göttlich Wort! 58
Germanen sieht man wenig an 34
Geschändet habt ihr uns durch euer Leben 169
«Geschwätz» 106
Geschwätz, Geschwätz!... Doch nur der Laie hört . . . 106
«Gesellschaften» 52
Gestatte, daß ich Eurer «Wortkunst» lache 76
Gewiß, es heißt, nur Lumpe sind bescheiden 164
Gib mir Juden, Russen, Franzmann 88
Gladstone 28
Glaube nicht, du kannst mit dir betrügen 105
Glückseliger Malerstandpunkt 100
ΓΝΩΘΙ ΣΕΑΥΤΟΝ 164
Goethe 161
Grabschriften 172
Grade du bedarfst ständigen Mißlingens 137
Grau in Grau der Abend. Rot in Rot der Morgen . . . 114
Groll auf Berlin. In ira veritas 72
«Gründe» 56
Gütig ist die schönste Form von gut 148

H. 65
Habe nur den rechten Blick 114
Halt unter Schlüssel Wirken und Leben 59
Hartleben † 43
Hast du was zu sagen – so bist du der Rechte 44
Hat sich einer vor Gewalt und Beschränktheit nicht gebeugt 95
H.B. 65
Heute schreiben wir noch «Welt» 96
Heute tret ich diese Schwelle, die du gestern überschritten 102
Hier ist ein Strom, willst du ihn haben, Welt? 73
Höfischer Prunk, festliche Phrase 98
Hoffnung? Warum hoffen 83
Hüte dich, Deutschland 47

Ibsen 33/64
Ich achte heut noch, was ich einst geachtet 106
Ich bin ein Mensch und schlag mich selbst ans Kreuz . . 125
Ich bin kein Anarchist 63
Ich bin mir selbst ein unbekanntes Land 13
Ich hab beschlossen Soldat zu sein 119
«Ich habe das noch nicht gelernt!» 104
Ich habe die Welt zu Flugsand zerdacht 37
Ich habe durch die ganze Welt gesucht 110
Ich habe mich zu halten nie gewußt 107
Ich habe mit dir gerungen 33
Ich habe von der klügsten Frau vernommen 69
Ich hab mich nicht in dir verlesen 30
Ich – ist der Mann. Du – ist das Weib 117
Ich kann im Augenblick nichts fertig denken 80
Ich kann's, ich kann's nicht mehr ertragen 53
Ich könnt euch bös sein, Freunde 131
Ich lag in Angst, du hieltst mein Haupt gebettet 16
Ich liebe dich wie jede Lebensform 70
Ich liebe die Furche des eilenden Schiffes 60
Ich liebe nicht, dies «selbstverständlich» sagen 115
Ich lobe mir den Freund, der wachsen macht 106
Ich mach in hundert Tagen hundert Meilen 123
Ich mag dich nicht 45
Ich mag es nicht, dies selbstverliebte Wesen 164
Ich misse mehr und mehr den Ernst 43
«Ich möchte durch dein Fernglas schaun, Papa –» . . . 59
Ich sage dir als tröstlich Wort 19
Ich selber 23
Ich suchte oft nach einem deutschen Buche 104
Ich und die Welt 31
«Ich und die Welt» stolz hingestellt 31
Ich und Du 129
Ich schaue rückwärts auf drei Jahre Leben 171
Ich weiß, was er zu jeder Zeit gesagt 31
Ich weiß, wie der Gesellschaft Mühle klappert 96
Ihr andern werdet sichrer immerdar 118
Ihr braucht das Tier, so braucht es, gut 84

Ihr Edlen schweigt? 35
Ihr Fortschritteifrer 47
Ihr karrt in ewig gleicher Spur 31
Ihr kennt wohl nicht den Haß aufs i 94
Ihr lebt, wie's euch der Kodex vorschreibt 38
Ihr nehmt ja allen Duft und Schleier fort 84
Ihr seid alle «historisch verseucht» 51
Ihr weder Fisch noch Fleisch, ihr – Kopf-Salat! 36
Ihr werdet mit Dogmatikfuchsen 136
Im allgemeinen 30
Im Bozener Batzenhäusel Otto Erich Hartlebens gedenkend 102
Im Eignen bleib mir stark und klar 153
Immer radelt, immer reist 20
Immer noch 13
Im Sturm, da gibt es nicht mehr dies und das 113
Im Zoologischen Garten 165
In allem pulsieren, an nichts sich verlieren 16
In deiner Liebe hoff ich zu finden 130
In diesem Tuch ist Leben eingefangen 30
In ein Land der Uniform verschlagen 38
Inmitten dessen, was als unser Denken 175
Innenlandschaft 76
In Optimismus sinkst du mehr und mehr 47
In seinen Kopf geht nur hinein 48
Inselchen Urgestein 109
Ist auch alles nur Theater 58

Ja, die Natur! Dächtet ihr nur gebührlich! 136
Ja, du mit deiner Mäßigung 160
Ja, plärrt nur, «feig» 27
Jede gründliche Erfahrung 168
Jeder Feind hat doppelt Quartier 92
Jeder trägt, so fühlt ich schon als Knabe 157
Journalismus 12
Jungvolk der Pythagoräer 12

K., der wilde Mann 101
Kein Brunnen ist so tief wie du 164

Kinder, Tiere, Pflanzen 161
Kleinstädter des Geistes 65
«Kommilitonen» 10
Kreuz und quer bin ich gereist 128
Kunstwerk der einzelne, Kunstwerk sein Volk 156

Lacerta mosaica 55
Lachen und Lächeln sind Tor und Pforte 149
Lagarde 111
L'art pour l'art 32
Laß dich nicht nach Menschenweise 65
Laß dies lauter Brücken sein 143
Laß dir nie den Mut verwirren 146
Lasset uns einander lieben 148
Laß ihn sprechen, wie er will 79
Leben ist Licht auf trübem Mittel 158
Leben wird zu Tod geführt 134
Leb wohl! Du warst für mich der Sinn der Welt 172
Lehrer Tod, der du die Menschen lehrst 67
Letzte Fernsicht 59
Letztes 81
Lieber Freund, begreife... der Mensch ist eine Seife . . . 75

Madonna! Welche Armut, welcher Dreck! 100
Mag die Welt des Wollens heiliger Reinheit 11
Mag dir dies und das geschehn, lerne still darüber stehn . 126
Mag noch so viel dein Geist dir rauben 17
Magisterfreuden 34
Manchmal kann ich euch erkennen als wie Flammen . . 127
Man muß Künstler sein, will man Lehrer sein 11
Man sollte immerdar nur vorwärts schreiten 23
Mein Hang, nur ja nie ein zu stolzes Wort zu sagen . . . 80
Meßkunst wird und Forscherlust 158
Mich geht der Jesuit nichts an 105
Mich zu verwechseln wird Unzähligen glücken 120
Mit diesem «Wahn der Größe» 111
Mit diesen an- und eingeborenen Gefühlen! 87
Mit eurem Ideellen stimmt ihr mich höchstens heiter . . 64

Mit rechter Seelenwärme verfolg ich sein Beginnen . . . 76
Mit tausend Sinnen 171
Möge das als niedrig gelten 82
Monolog eines – 171
Moralpfaffentum 89
Morgens ein Kristallkelch voll Gefunkels 91
München 26
Mulus 10

Nach einer «Überbrettl»-Vorstellung 97
Nach Gorkis Nachtasyl 43
Naturwissenschaftliche Popularisierer 101
Neo-Berlin 46
Nichts ist mir mehr verhaßt als Feierlichkeit ohne Tiefe . 151
Nichts Schöneres als eine ernste Seele 112
Nichts trauriger, als wenn die Mittel fehlen 54
Nichts trostloser als ein Humor 60
Niemanden hassen, jeden belassen in seinem Wesen . . . 133
Nietzsche an die Zeit 99
-N-N 100
Nur keinen Schutzzoll in geistigen Sachen 60
Nur wenn du immerdar gebierst 39
Nur wer… 17
Nur wer den Menschen liebt, wird ihn verstehn 116

O alle Güte, die im Leben wohnt 128
Ob auch der und jener pfeife 41
Ob Jesus ein Mensch war oder nicht 105
O Ehe, du freier Männer Wehe! 75
Oft bedünkt mich, als ob Vorurteile Schiffe seien . . . 86
O. H. 74
Oh ihr kleinmütig Volk 174
Oh Spree, was wirst du uns noch alles schenken! 26
Oh wie gerne lern ich Milde 176
Ohne Streben kein Erfolg, ohne Feuer kein Brand . . . 153
O ihr wißt wundergut, was Leben heißt 81
O Jüngling so voll Lieblichkeit 77
Oligarchie – Ochlokratie 31

O Menge, wärst du schön, wie dieses Feld 79
Ordnung und Klarheit – schöne gute Dinge 116
O reife Frucht des Baums, der Leben heißt 61
O Scham oft, tiefste Schande Mensch zu sein 74
O schwärme, schwärme, Liebe 13
O *Staat!* 49
O Staat! Wie tief dir alle Besten fluchen! 49
Otto Shylock 64
O wäre mir die Macht verliehn 120
O wie herrlich, einst sein Kleid nach der Arbeit abzulegen 132
O Tod, so nimm denn dies mein Leben hin! 110
O Zeit, o Zeit, o Zeit, die sich und mich verliert 99

Pantheistisch 67
Papiermusik. O möcht uns bald von dir befrein 100
Patrioten 12
P. M. 68
Post Christum natum (1900) 103
Prachtvolles Zeitalter! 45
Programm-Musik 100
Psychologus Psychologo 112

Rat aus eigner Erfahrung 97
Reinkarnation 129
Richterphantasie 96
Rückschau 119

Schicksalsspruch 17
Schlachtenfelder sind wir allesamt 58
«Schutzmann» 48
Schwermütiger Dionysos! 122
Segen der In-sich-Ruhenden 79
Sei ursprünglich 146
Selbstgespräche 81
Selig sind... 27
Selig sind die geistig Armen 27
Seltsam, daß erst nach Jahrzehnten 129
Sieh, darum war der Tod dir erst nach Jahren gesetzt . . 119

Sieh, das ist Lebenskunst 25
Sieh, dies ist Gottesleid 42
Sieh her, mein Kind, und lerne diese Zweiheit 60
«Sieh, wie steht das Boot so grad!» 25
Sie sitzen alle auf Stühlen 95
Sie wollen dich nicht kennen 111
Sinnlichkeit 93
Skeptischer Schnörkel 48
So fand ich es überall und immerdar 57
So klein der Winkel, so groß der Dünkel 82
Solange wir nicht ruhevoll-gelassen 175
So oft man seiner auch vergaß 77
So spricht die edle Rasse 153
Sprach ein reicher Mann da kürzlich 69
Sprich, was jagst du dahin 123
Stein und Eisen in Menschenhand 103
Stoß-Seufzer 88
Strand-Verse 166
Sylvester 1898/99 25

Täglich sitzt er im Kaffee unter Zeitungspfaffen 12
Tainesche Schule 87
Talent: ein Gast am Tisch der Zeit 18
Talent – Genie 18
Theater 149
Tilg ein m und setz ein pf dafür 85
Totengräber wärst du gerne aller westlichen Kulturen . . 51
Totschweigen 35
Tragik der Kunst 36
«Trostlos?» Das Wort ist mir entschwunden 146

Überall bin ich allein 108
Überall gibt's Entdecker, Erfinder 50
Über unsre Himmel hinweg grüß ich euch 139
Überbrettl 45
Übung ist alles 148
Und blieb er auch ein Ringer bloß 101
Und dann zwischen all dem Gurren und Schnarren . . . 52

Und dieses Einst wovon wir träumen 139
Und doch ist Schönes schön nur mitgeteilt 147
Und immer tiefer wühlst du dich hinein ins Leben . . . 115
Und magst du alle Worte auch verbrennen 105
Und Notwendigkeit ist auch nur Kleid 91
Und sähst du deine Gottheit 106
Und wir schaun zurück zusammen auf die Welt 146
Und wo man dein gewahrt 133
«Unendlich viel geschah, just da ich Mensch gewesen.» . 74
Unhemmbar rinnt und reißt der Strom der Zeit 17
Unmöglich ist's, die Menge zu belehren 167
Unselbständige Form? 68
Uns trenne nichts, mein junger Menschenbruder 33

Vergänglichkeit! Wort, das Gott-Welt enthüllt 146
Vergesst mir nur das Fürchterliche nie 116
Verkennen dich die Menschen 9
Verlange nichts von irgendwem 176
Vermauerte Aschenurnen 78
Versäumte Pflicht 9
Verzeiht mir, bin ich schroff und hart 110
Verzeiht, wenn manchen manches hart trifft 7
Vielleicht – 92
«Völker in Waffen» gibt es 86
Vom einigen Deutschland 49
Vom Fleißigen ist immer viel zu lernen 158
Vom zersetzenden Geiste fürchte das meiste 44
Von den Armen der Natur ward ich hin zu Gott getragen 66
Von den Seltenen bist du, die an mich glauben 124
Von Herzen Schollenmensch, von Geist Nomade . . . 35
Von manchem kräftigen Geiste 88
Von sich zurückzutreten 118
Von wenigen erkannt 92
«Vor allem Echtheit und Natur –» 64
Vor allem sind die Klassiker mit Anmerkungen zu versehn 34
Vor dem herrlichen Sonnenuntergang 147
Vor dem irdischen Gericht gingst du deiner Wege . . . 96
Vor den «abgeklärten» Leuten 36

Vor einem Ährenfelde (Föhr) 79
Vor einem Umschlagtuch 30
Vor einem zur Schlachtbank geführten Kalbe 134
Vor einer alten Wettertanne stand ich still 16
Vor Michelangelos Johannes der Täufer 77

Wach auf! «dein Ziel ist in Gefahr» 157
Wähle saure Mienen 62
Wärme 133
Wahrhaftig glücklich geboren 23
War mir selten dein bewußt, während ich geschrieben . . 162
Warte, warte tiefgeduldig 129
Was alles ist mir noch erblüht 140
Was berufst du dich auf Goethen 32
Was braucht ein Volk für Gönner? 40
Was die Menge beseelt wider den großen Mann 39
Was du andern zufügst, das fügst du dir zu 168
Was fragst du ruhelos: Warum? 56
Was gab ich denn den Menschen 107
Was ich möchte im Guten und Bösen 93
Was ist Religion 150
Was jetzt Sehnsucht ist, wird Wille 132
Was kann ein Gastfreund Beßres sagen 24
Was kümmern dich zehntausend Ding und Dinger . . . 61
Was «Mensch»? 11
Was mir «Patriotismus» ist? 48
Was mußt du denn nur immer «lachen»? 167
Was schwatzt ihr da, ihr Schmollenden 20
Wasser 133
Was siehst du links und rechts und ärgerst dich 42
Was sind das – Gegenstände? 113
Was sinkt so scheu in dich 124
Was soll uns dieser blöde Schnörkelkohl? 99
Was wärst du, Wind, wenn du nicht Bäume hättest . . . 131
Was, was ist's, was den Menschen vom Christus trennt . . 154
Wehe, wehe, ich reiße an euren Herzen 140
Weimar 26
Weißt du nicht, daß Liebe alles gibt 117

Welche Kunstsiegesalleen! 46
Wen läßt ein Musikante leben? 58
Wenn dich Neues überwüchtigt 21
Wenn die Rosen um deine Stirn, Mensch 104
Wenn du den Weg zur Tiefe gehst 153
Wenn du die Welt an jedem Tag nicht neu erobern willst . 41
Wenn einst der schwarze Ochse «Tod» das Blümlein frißt 173
Wenn ich die Welt durchs Prisma meines Witzes 37
Wenn von links mich Feld und Dickicht riefe 85
Werd ich sentimental, so sagt mir's gleich 66
Wer die Welt zu sehr liebt 150
Werft doch die Maske von euch 28
Wer hat nur das Dokument 73
Wer je des Menschen Sinn vergaß 161
Wer kennte nicht das Werden der Phantome 170
Wer Lebendiges will verstehn 132
Wer liebte nicht zu schweigen 42
Wer sich nicht selbst verspotten kann 145
Wer sich selber treu bleiben will 152
Wer sich überhebt 151
Wer still spaziert im eignen Garten 165
Wer wär ich, wüßt ich mein Wohin 107
Wer weiß, was ich will 93
Wie bin ich, Bürger, oft so gern dein Gast 70
Wiederkäuer 113
Wie ferne leb ich jeglichem Programm 97
Wie hat man oft im tiefsten Mark gefühlt 149
Wie hoch es auch im Werte mißt 90
Wie ich euch schmecke, kümmert mich nicht viel 121
Wie kann ich glücklich sein, wenn du nicht glücklich bist . 135
Wie läßt der Zeit sich trefflich dienen 10
Wie lieb ich dich o Schmerz 63
Wie mancher geht an Grübelnsqual zugrunde 24
Wie man's schon am Körper merkt, ob Beamte oder nicht . 87
Wie nenn ich diese Geister nur? 101
Wie oft du's auch wie Göttern treibst 18
Wie seine Flöte auch immer verführt 19
Wie süß ist alles erste Kennenlernen! 160

Wie trifft man oft, vom Schaffen heiß 56
Wie vieles bleibt, bedenkt man's ehrlich, wichtig 146
Wie vieles wird zu jeder Frist verhütet 141
Wie ward ich oft gebrochen 167
Wie war es nur möglich 135
Wie wenn der Wind von fernen Dingen singt 162
Wie? Wolltest du dir selbst zuwiderhandeln 154
Willst du ein wenig zur Wahrheit avancieren 40
«Willst du nicht Artikel schreiben?» 35
Wir kommen so durch manche Schichten von Menschen . 159
Wir müssen es immer wieder verschlucken 21
Wir reden unsre Not heraus 124
Wir sprangen ineinander hinein 55
Wir stehen nicht am Ende, sondern am Anfang 169
Wir, viele, mußten Finsternis erdulden 130
Wir wollen keine Politik 50
Wir wollen nicht antik und nicht modern sein 156
Wissenschaft 10
Wissen wir denn, was wir sollen? 84
Wo bist du geblieben? 152
Wohl eignen Jammers Fruchtbarkeit empfindest du . . . 148
«Woran sollen wir uns erziehen?» 29
«Wortkunst» 76
Wovor ihr euch bekreuzigt 70
Würdelos: dies mitternächtlich überstürzte Rezensieren . 13
Wunder-volle Tage seh ich nahn 157
Zu allen, ja zu allen möcht ich kommen 94
Zucht ist das Wort, in dem der neue Mensch sich findet . 149
Zu elegant für einen Gottesdiener 98
Zuerst erlebt der Mensch, dann käut er's durch 113
Zu Giosuè Carduccis Tod 95
Zu Haus in meiner Träume Welt 46
Zukunft! un-er-schöpfliches Wort! 152
Zum Menschen fühl ich unverbesserlich mich hingezogen . 37
Zum Sachsenwalde pilgern wir 12
Zum Thema Kirchen 86
Zu «Raskolnikow» 104
Zur Erkenntnistheorie 97

Zur modernen Schauspielkunst 64
Zu Röcken liegt ein Grab, darin liegt Deutschland begraben 71
Zur Pflanze kehr ich immerdar zurück 122
Zu vielem, was euch geläufig 22
Zwei Männer traten unter dein Zelt 26

CHRISTIAN MORGENSTERN

1871–1914

SÄMTLICHE DICHTUNGEN

in drei Abteilungen:

I. Nach den vom Dichter herausgegebenen Gedichtsammlungen

II. Nach dem Tode des Dichters erschienene Dichtungen

III. Übersetzungen

I. Abteilung (11 Bände):

1 In Phanta's Schloß
2 Auf vielen Wegen
3 Ich und die Welt
4 Ein Sommer
5 Und aber ründet sich ein Kranz
6 Galgenlieder, Gingganz und Horatius Travestitus
7 Melencolia
8 Palmström, Korf und Palma Kunkel
9 Einkehr
10 Ich und Du
11 Wir fanden einen Pfad

II. Abteilung (6 Bände):

12 Mensch Wanderer
13 Die Schallmühle
14 Epigramme und Sprüche
15 Stufen
16 Klein Irmchen
17 Der Sämann

ZBINDEN VERLAG BASEL